Verano 2016

Para : Max y Laura

Desde hoy y Para siempre
que el mirar solo lo
obvio, no sea lo más
reelevante.

Las Almas no tienen
edades ni tiempos o espa-
cios. Mirense con esos
ojós Por siempre. Con Amor.
Diana Alvarado

Osho (1931-1990) ha sido descrito por el *Sunday Times* de Londres como «uno de los 1.000 artífices del siglo xx» y por el *Sunday Mid-Day* (India) como una de las diez personas (junto a Gandhi, Nehru y Buda) que ha cambiado el destino de la India. En una sociedad donde tantas visiones religiosas e ideológicas tradicionales parecen irremediablemente pasadas de moda, la singularidad de Osho consiste en que no nos ofrece soluciones, sino herramientas para que las personas las encuentren por sí mismas.

Para más información puede visitar la web www.osho.com o bien www.osho.es, desde donde el lector podrá descargarse materiales adicionales.

OSHO

Madurez
La responsabilidad de ser uno mismo

Traducción de
Esperanza Moriones

DEBOLS!LLO

Madurez

Título original: *Maturity: The Responsibility of Being Oneself*

Segunda edición en esta colección en España: noviembre, 2012
Primera edición en México: junio, 2015

D. R. © 1999, OSHO International Foundation.
www.osho.com/copyrights
Todos los derechos reservados

D. R. © 2004, Penguin Random House Grupo Editorial, S.A.
Travessera de Gràcia, 47-49, 08021, Barcelona

D. R. © 2001, Esperanza Moriones Alonso, por la traducción

OSHO® es una marca registrada de Osho International Foundation

www.osho.com/trademarks

El material de este libro ha sido seleccionado entre varias de
las charlas dadas por Osho ante una audiencia durante un
período de más de treinta años.
Todos los discursos de Osho han sido publicados íntegramente
en inglés y están también disponibles las grabaciones
originales de audio. Las grabaciones de audio y el archivo
completo de textos se pueden encontrar en la biblioteca de la
www.osho.com.

D. R. © 2015, derechos de edición mundiales en lengua castellana:
Penguin Random House Grupo Editorial, S.A. de C.V.
Blvd. Miguel de Cervantes Saavedra núm. 301, 1er piso,
colonia Granada, delegación Miguel Hidalgo, C.P. 11520,
México, D.F.

www.megustaleer.com.mx

Comentarios sobre la edición y el contenido de este libro a:
megustaleer@penguinrandomhouse.com

ISBN 978-607-313-099-8

Impreso en México/*Printed in Mexico*

Índice

PRÓLOGO 7
   El arte de vivir 7

DEFINICIONES 21
   De la ignorancia a la inocencia 21
   Madurar y envejecer 24
   Madurez de espíritu 32

LOS CICLOS VITALES DE SIETE AÑOS 39

LA RELACIÓN MADURA 61
   Dependencia, independencia, interdependencia 61
   Necesitar y dar, amar y tener 62
   Amor y matrimonio 71
   Padre e hijo 75
   Amor más conciencia es igual a ser 84

EN LA ENCRUCIJADA 90
   Cuando la eternidad se introduce en el tiempo 90
   Las leyes del envejecimiento 101

SÍNTOMAS 110
   Un extraño en el cuarto de estar 110
   La menopausia. No es sólo «cosa de chicas» 112
   El viejo verde 115
   La amargura 118

ÍNDICE

TRANSICIONES 121
    Del no al sí 121
    Equilibrándote y hallando tu centro 124
    Cuando la vida y la muerte son una 133
    Retirarse del juego 140

ENIGMAS 143
    Homicidio justificado 143
    La vida sin una actitud 148
    Del sexo a la sensualidad 161

UN VIAJE SIN FIN 167

ACERCA DEL AUTOR 173

OSHO® MEDITATION RESORT 174

Prólogo

EL ARTE DE VIVIR

EL HOMBRE nace para realizarse en la vida, pero todo depende de él. Puede perder la oportunidad. Puede seguir respirando, puede seguir comiendo, puede seguir envejeciendo, puede ir acercándose a la tumba…, pero esto no es vida, es una muerte paulatina. Desde la cuna hasta la tumba… una muerte paulatina de setenta años. Y dado que hay millones de personas a tu alrededor muriéndose de una forma paulatina y lenta, tú también has empezado a imitarlos. Los niños aprenden imitando a los que le rodean, y estamos rodeados de muertos.

Primero hay que entender lo que quiero decir con «vida». No debe ser simplemente envejecer, sino que debe ser crecer. Son dos cosas distintas.

Cualquier animal es capaz de envejecer. Crecer es una prerrogativa del ser humano.

Sólo unos pocos reivindican ese derecho.

Crecer es profundizar en el principio de la vida; no es acercarse a la muerte, sino alejarse de ella. Cuanto más profundices en la vida, mejor entenderás la inmortalidad que llevas dentro. Te estás alejando de la muerte; llegará un momento en el que te des cuenta de que la muerte es como cambiarse de ropa, de casa, de forma… no muere nada, nada *puede* morir.

La muerte es la mayor ficción que existe.

Para crecer, simplemente observa un árbol. A medida que crece el árbol, las raíces van profundizando. Hay un equilibrio; cuanto más alto es el árbol, más profundas son sus raíces. No puede haber un árbol de 50 metros con unas raíces pequeñas; no aguantarían un árbol tan grande.

En la vida, crecer significa profundizar en ti mismo, ahí es donde están tus raíces.

Para mí, el primer principio de la vida es la meditación. Todo lo demás es secundario. Y la infancia es el mejor período. A medida que vas haciéndote más viejo, te vas acercando más a la muerte y cada vez se vuelve más difícil meditar.

Meditación significa adentrarte en tu inmortalidad, en tu eternidad, en tu divinidad. Y los niños son los más cualificados para esto porque todavía no están sobrecargados de conocimientos, de religión, de educación, todavía no están sobrecargados con toda clase de basura. Son inocentes.

> Madurez significa lo mismo que inocencia, pero con una diferencia: es recuperar la inocencia, es volver a recordar.

Pero por desgracia, su inocencia se considera ignorancia. La ignorancia y la inocencia son dos cosas parecidas, pero no son lo mismo. La ignorancia también es un estado de no saber, igual que la inocencia, pero hay una gran diferencia que ha sido ignorada por toda la humanidad hasta ahora. La inocencia no es muy erudita, pero tampoco quiere serlo. Está absolutamente contenta, satisfecha.

Un niño no tiene ambiciones, no tiene deseos. Está tan absorto en el momento… un pájaro que vuela le llama totalmente la atención; basta con una mariposa de bellos colores para que se quede encantado; el arco iris en el cielo… y será incapaz de concebir que haya algo más importante o espléndido que este arco iris. Y la noche llena de estrellas, estrellas y más estrellas…

La inocencia es abundante, está colmada, es pura.

La ignorancia es pobre, es un mendigo; quiere esto, quiere aquello, quiere ser culta, quiere ser respetable, quiere ser rica, quiere ser poderosa. La ignorancia discurre por el camino del deseo. La inocencia es un estado de ausencia de deseos. Pero al ser dos estados que carecen de conocimientos, su naturaleza nos resulta confusa. Damos por hecho que son lo mismo.

El primer paso en el arte de vivir deberá ser entender la diferencia entre ignorancia e inocencia. Debemos apoyar la inocencia, protegerla; porque el niño lleva consigo el mayor tesoro, el tesoro que los sabios han encontrado después de arduos esfuerzos. Los sabios dicen que se convierten de nuevo en niños, vuelven a nacer. En India el auténtico *brahmin*, el verdadero conocedor, se llama a sí mismo *dwij*, nacido dos veces. ¿Por qué nacido dos veces? ¿Qué ocurrió con el primer nacimiento? ¿Qué necesidad hay de un segundo nacimiento? ¿Qué conseguirá con un segundo nacimiento?

En el segundo nacimiento logrará algo que ya podía obtener en el primero, pero que la sociedad, los padres y la gente que le rodeaba, aplastó, destruyó. Los niños se atiborran de conocimientos. De alguna forma, hay que desbancar su sencillez porque la sencillez no le va a ayudar en este mundo competitivo. Su sencillez puede parecer simplicidad a los ojos del mundo; se aprovecharán de su inocencia de todas las formas posibles. Tenemos miedo de la sociedad, tenemos miedo del mundo que hemos creado; queremos que los niños sean inteligentes, astutos, cultos, para que estén en la categoría de los poderosos, y no en la de los oprimidos e impotentes.

> La madurez es volver a nacer, es un nacimiento espiritual. Vuelves a nacer, vuelves a ser un niño. Empiezas a ver la existencia con nuevos ojos. Te diriges a la vida con amor en el corazón. Vas hasta el fondo de tu ser con silencio e inocencia.

Si la vida de un niño empieza a tomar una dirección equivocada, seguirá dirigiéndose en esa dirección, su vida tomará esa dirección.

Cuando comprendes que has perdido tu oportunidad en la vida, el primer principio que debes recordar es la inocencia. Abandona tu cultura, olvida tus escrituras, olvida tus religiones, tus teologías, tus filosofías. Vuelve a nacer, vuélvete inocente y volverá a estar en tus manos. Limpia tu mente de todo lo que tú no conoces, de todo lo prestado, de todo lo que proviene de la tradición, de los convencionalismos. Todo lo que has recibido de los demás: padres, profesores, universidades; deshazte de todo eso. Vuelve a ser sencillo, vuelve a ser un niño. Y este milagro es posible a través de la meditación.

La meditación no es más que un curioso método de cirugía que te separa de todo lo que no es tuyo y sólo conserva lo que es tu auténtico ser. Quema todo lo demás y te deja desnudo, solo bajo el sol, bajo el viento. Como si fueses el primer hombre sobre la Tierra: sin saber nada, teniendo que descubrir todo, teniendo que ser un buscador, teniendo que salir en peregrinación.

> Todos los animales son capaces de envejecer. Crecer es una prerrogativa del ser humano. Sólo unos pocos reivindican ese derecho.

El segundo principio es la peregrinación. La vida debe ser una búsqueda, no un deseo sino una búsqueda; no la ambición de convertirse en esto o aquello, en el presidente o el primer ministro de un país, sino una búsqueda para descubrir «¿Quién soy yo?»

Es muy extraño que la gente que no sabe quién es esté intentando convertirse en alguien. ¡Ni siquiera saben quiénes son ahora mismo! No conocen su ser... pero tienen como meta el convertirse en alguien.

El convertirse en algo es la enfermedad del espíritu.

El ser eres tú.

Descubrir tu ser es el inicio de la vida. Después, cada momento es un nuevo descubrimiento, cada momento te da una nueva alegría. Un nuevo misterio abre sus puertas, un nuevo amor empieza a nacer dentro de ti, una nueva compasión que nunca habías sentido antes, una nueva sensibilidad hacia la belleza, hacia la bondad. Te vuelves tan sensible que incluso la menor brizna de hierba cobra, para ti, una importancia enorme. Tu sensibilidad te permite darte cuenta de que, para la existencia, esa pequeña brizna de hierba es tan importante como la estrella más grande; sin esa brizna de hierba la existencia no sería lo que es. Esa pequeña brizna es única, irreemplazable, tiene su propia individualidad.

Y toda esta sensibilidad te proporcionará nuevas amistades, amistad con los árboles, con los pájaros, con los animales, las montañas, los ríos, los mares, las estrellas. La vida se va enriqueciendo a medida que aumenta el amor, a medida que aumenta la amistad.

En la vida de san Francisco hay un hermoso suceso. Se estaba muriendo, y siempre había viajado de un sitio a otro en un burro, compartiendo sus experiencias. Los discípulos se reunieron para escuchar sus últimas palabras. Las últimas palabras de un hombre son siempre las más importantes que ha pronunciado, porque contienen la experiencia de toda una vida.

Pero los discípulos no podían creer lo que estaban oyendo…

San Francisco no se dirigía a sus discípulos sino a su burro. «Hermano —dijo—, tengo una deuda enorme contigo. Me has estado llevando de un sitio a otro sin quejarte nunca, sin refunfuñar. Lo único que quiero, antes de dejar este mundo, es que me perdones; no he sido humano contigo.» Éstas fueron las últimas palabras de san Francisco. Tenía una enorme sensibilidad para decirle eso a un burro, «hermano burro…», y pedir que le perdonara.

Cuando te vas volviendo más sensible, la vida se vuelve más grande. Ya no es un estanque, se vuelve oceánica. No se limita a ti, tu mujer y tus hijos, no está limitada. Toda la existencia se vuelve tu familia, y hasta que toda la existencia se vuelva tu familia no conocerás lo que es la vida, porque nadie es una isla, todos estamos conectados.

Somos un vasto continente, unido de millones de maneras.

Si nuestros corazones no están llenos de amor por la totalidad, nuestra vida estará truncada en la misma proporción.

La meditación te aporta sensibilidad, una enorme sensación de

pertenecer al mundo. Es nuestro mundo, las estrellas son nuestras, y no somos extraños aquí. Pertenecemos intrínsecamente
a la existencia. Somos parte de ella, somos el *corazón* de la existencia.

En segundo lugar, la meditación te aporta un gran silencio,
porque todos los conocimientos inútiles desaparecen. Los pensamientos que son parte de los conocimientos también desaparecen... un inmenso silencio; te sorprendes: este silencio es la verdadera música.

> 🐦
>
> La vida debe ser
> una búsqueda; no
> un deseo sino una
> búsqueda; no la
> ambición de
> convertirse en esto o
> aquello, en el
> presidente o
> el primer ministro de
> un país, sino una
> búsqueda para
> descubrir «¿Quién
> soy yo?».

La música es un intento de mani-
festar ese silencio de alguna forma.
Los antiguos visionarios de Oriente
eran categóricos en cuanto a la idea de
que las grandes artes —música, poesía, danza, pintura, escultura— habían
surgido de la meditación. Constituyen
un esfuerzo de intentar traer lo desconocido al mundo de lo conocido para
los que no están preparados para la peregrinación; simplemente son regalos
para los que no están preparados para
salir en peregrinación. Una canción o
quizá una estatua puedan provocar el
deseo de ir en búsqueda del origen.

La próxima vez que entres en un
templo de Gautama el Buda, siéntate
en silencio, observa la estatua. La esta-
tua ha sido construida de tal forma que, cuando la observas, entras
en silencio. Es la estatua de la meditación. No tiene nada que ver
con Gautama el Buda.

Por eso todas las estatuas son parecidas, Mahavira, Gautama el
Buda, Neminatha, Adinatha... Los veinticuatro *tirthankaras* de los
jainistas... en el mismo templo encontrarás veinticuatro estatuas
iguales, exactamente iguales. Cuando era un niño solía preguntarle a mi padre:

—¿Me puedes explicar cómo es posible que haya veinticuatro personas exactamente iguales? ¡La misma altura, la misma nariz, la misma cara, el mismo cuerpo…!

—No sé —solía decirme—, yo mismo me sorprendo de que no haya ninguna diferencia. Es algo inaudito, en el mundo no existen ni siquiera dos personas iguales, ¡y mucho menos veinticuatro!

Pero cuando mi meditación floreció, encontré la respuesta; no me la dio una persona. La respuesta es que estas estatuas no tienen nada que ver con las personas. Tienen que ver con lo que estaba sucediendo dentro de esas veinticuatro personas, y lo que sucedía era exactamente igual para todas ellas. No nos preocupamos por lo externo, sólo insistimos en prestar atención a lo interno. Lo externo carece de importancia. Unas personas son jóvenes, otras viejas, algunas personas son negras, otras blancas, algunas son hombres, otras mujeres; todo esto no importa, lo que importa es que dentro haya un océano de silencio. En ese estado oceánico el cuerpo adopta una determinada postura.

Tú mismo lo habrás observado, aunque no seas consciente de ello. ¿Te has fijado cuando estás enfadado? Tu cuerpo adopta una determinada postura. Cuando estás enfadado no puedes mantener las manos abiertas; cuando estás enfadado cierras los puños. Cuando estás enfadado no puedes sonreír, ¿o acaso eres capaz? El cuerpo adopta una determinada postura con cada emoción.

Hasta las cosas pequeñas están íntimamente relacionadas con tu interior.

Esas estatuas están construidas de tal forma que si te sientas en silencio y observas, y después cierras los ojos, el negativo de una imagen sombreada entrará dentro de tu cuerpo y empezarás a sentir algo que nunca habías sentido antes. Las estatuas y los templos no han sido construidos para ser adorados, han sido construidos para experimentar. Son laboratorios científicos, ¡no tienen nada que ver con la religión! Desde hace muchos siglos se ha usado una determinada ciencia secreta para que las generaciones venideras puedan entrar en contacto con las experiencias de las generaciones más antiguas. No es por medio de libros ni por medio de palabras, sino por medio de algo que va a mayor profundidad: por medio del silencio, por medio de la meditación, por medio de la paz.

A medida que crece tu amistad, crece tu amor; tu vida se convierte en una danza constante, en una alegría, en una celebración.

¿Os habéis parado a pensar por qué en todo el mundo, en todas las culturas, en todas las sociedades, sólo hay unos pocos días al año de fiesta? Esos días de fiesta sólo son una recompensa, porque las sociedades han eliminado la celebración de tu vida y, si no te dan una recompensa, tu vida puede volverse peligrosa para la cultura.

Toda cultura debe darte alguna compensación para que no te sientas absolutamente hundido en la miseria, en la tristeza; pero esas compensaciones son falsas.

Los fuegos artificiales y las luces de colores no te harán saltar de júbilo. Son para los niños; para ti sólo serán una molestia. Sin embargo, en tu mundo interior puede haber un sinfín de luces, canciones y alegrías.

Recuérdalo siempre, la sociedad te recompensa cuando siente que lo que ha reprimido puede estallar y producir una situación peligrosa si no se compensa de alguna manera. La sociedad encuentra alguna fórmula para que puedas liberar tu represión, pero esto no es una verdadera celebración, esto no puede ser verdad.

La verdadera celebración debería brotar de tu vida, en tu vida.

La verdadera celebración no se puede regir por el calendario: el primero de noviembre tienes que celebrar. Es curioso, estás sufriendo durante todo el año y, de repente, ¿el primero de noviembre dejas de sufrir y te pones a bailar? O era falso el sufrimiento o es falso el primero de noviembre, pero ambos no pueden ser verdad. Y cuando pasa el primero de noviembre vuelves a tu agujero, todo el mundo vuelve a ser desdichado, todo el mundo vuelve a sus preocupaciones.

La vida debería ser una celebración constante, un festival de fuegos artificiales durante todo el año. Sólo entonces podrás crecer, podrás florecer.

Transforma en celebración las cosas sin importancia.

En Japón, por ejemplo, celebran la ceremonia del té. En todos los monasterios zen y en la casa de cualquier persona que se lo pueda permitir existe un pequeño templo para tomar el té. El té ya no es algo ordinario y profano, lo han transformado en una celebración. El templo para tomar el té se construye de una determinada manera: dentro de un hermoso jardín, con un bonito estanque; cisnes en el estanque y flores alrededor. Los invitados llegan y tienen que dejar sus zapatos fuera; esto es un templo. Y cuando entras en el templo no puedes hablar; tienes que dejar atrás tu mente, tus pensamientos y tus palabras, junto a los zapatos. Te sientas en postura de meditación y la anfitriona, la mujer que te está preparando el té, tiene unos movimientos tan delicados que parece que estuviera bailando, dando vueltas y preparando el té, colocando las tazas y los platos delante de ti como si fueses un dios. Con un gran respeto... ella se inclinará, y tú debes recibir el té con el mismo respeto.

El té se prepara en un samovar especial que emite bellos sonidos, tiene su propia música. Todo el mundo debe detenerse primero a escuchar la música del té, esto forma parte de la ceremonia del té. Todo el mundo está en silencio, escuchando... fuera, en el jardín, pían los pájaros y el samovar... el té crea su propia música. Estás rodeado de paz...

Cuando el té está listo se vierte en cada taza, y no se debe beber como se hace en cualquier parte. Primero debes oler el aroma del té. Debes beber un sorbo como si viniese del más allá, tómate tu tiempo, no hay prisa. Quizá alguien empiece a tocar la flauta o la cítara. Es un hecho cotidiano, sólo es té, sin embargo lo han convertido en una hermosa fiesta religiosa. Todo el mundo sale de ahí renovado, descansado, sintiéndose más joven, sintiéndose más animado.

Y si se puede hacer con el té, se puede hacer con todo: con la ropa, con la comida. La gente vive adormilada; de lo contrario, cualquier tela, cualquier ropa tiene su propia belleza y nos da una determinada sensación. Si eres sensible, la ropa no servirá sólo para cubrir tu cuerpo, sino que será algo que exprese tu individualidad, algo que exprese tu gusto, tu cultura, tu ser. Todo lo que hagas debería ser una expresión de ti, y debería llevar tu firma.

De esta forma, la vida se convierte en una celebración constante.

Aunque estés enfermo y tumbado en la cama, convertirás estos momentos en la cama en momentos de belleza y alegría, en momentos de relajación y descanso, en momentos de meditación, en momentos para escuchar música o poesía. No deberías estar triste porque estés enfermo. Deberías alegrarte de que todo el resto de la gente esté en la oficina y tú estés en la cama como un rey, relajándote... alguien te está preparando un té, el samovar está cantando una canción, un amigo se ha ofrecido para venir a tocar la flauta para ti...

Estas cosas son más importantes que ninguna medicina. Si estás enfermo, llama a un médico. Pero es más importante que llames a las personas que te quieren, porque no hay mejor medicina que el amor. Llama a la gente que puede crear belleza, música y poesía a tu alrededor, porque no hay nada tan sanador como un espíritu de celebración. La medicina es una forma inferior de tratamiento, pero parece que nos hemos olvidado de todo por eso tienes que depender de las medicinas, estar malhumorado y triste, como si estuvieses perdiéndote una gran diversión en la oficina. En la oficina no eres feliz —faltas un día y sigues aferrándote a la infelicidad—, pero no puedes prescindir de ello.

Haz que todo sea creativo, saca lo mejor de lo peor, a esto es a lo que yo llamo arte de vivir. Si una persona vive su vida haciendo de cada momento y cada etapa algo bello, con amor, con alegría, naturalmente su muerte será la cima absoluta de todo el esfuerzo de su vida. Serán los últimos retoques... su muerte no será horrible como le sucede normalmente a todo el mundo.

Si la muerte es horrible, significa que tu vida ha sido una pérdida de tiempo. La muerte debería ser una aceptación pacífica, una entrada amorosa en lo desconocido, una alegre despedida de los viejos amigos, del viejo mundo. No debería ser trágica.

Lin Chi, un maestro zen, estaba muriendo. Miles de discípulos se habían reunido para escuchar su último sermón, sin embargo, Lin Chi yacía feliz, sonriente, pero no dijo ni una palabra.

Al ver que iba a morir y todavía no había dicho ni una palabra, alguien le recordó a Lin Chi... se trataba de un viejo amigo, maestro por derecho propio... No era discípulo de Lin Chi, por eso le pudo decir:

—Lin Chi, ¿te has olvidado de decir tus últimas palabras? Siempre dije que tenías buena memoria. Estás a punto de morir... ¿te has olvidado?

Lin Chi dijo:

—Escucha. —En el tejado había dos ardillas corriendo y alborotando y dijo—: ¡Qué bonito!

Durante un instante, cuando dijo: «Escucha», hubo un silencio absoluto. Todo el mundo creía que iba a decir algo importante, pero sólo se oyó pelear a las dos ardillas que estaban corriendo y alborotando en el tejado... Y sonrió y murió. Pero había comunicado su último mensaje: no inventes cosas pequeñas o grandes, triviales o importantes. Todo es importante. En ese momento, la muerte de Lin Chi era tan importante como las dos ardillas corriendo sobre el tejado, no había ninguna diferencia. En la existencia todo es igual. Ésa era su filosofía, su enseñanza: no hay nada que sea grande, ni nada que sea pequeño; depende de ti, en lo que tú lo conviertas.

Empieza a meditar, y empezarán a surgir dentro de ti diferentes cosas: silencio, serenidad, éxtasis, sensibilidad. Y lo que surja en la meditación, debes intentar incorporarlo en tu vida. Compártelo, porque lo que se comparte crece más deprisa. Y cuando llegues al momento de la muerte, sabrás que la muerte no existe. Puedes decir adiós, pero sin que haya lágrimas y tristeza, puede haber lágrimas de alegría pero no de tristeza.

Pero tienes que empezar por ser inocente.

Primero, deshazte de toda la porquería que estás acarreando, ¡y todo el mundo acarrea tanta porquería! Uno se pregunta, ¿por qué? Sólo porque te han dicho que son grandes ideales, principios... No has sido inteligente contigo mismo. Sé inteligente contigo mismo.

La vida es muy sencilla, es un baile divertido. Toda la Tierra puede estar llena de baile y de felicidad, pero hay personas que tienen mucho interés y ponen un gran empeño en que la gente no disfrute la vida, en que nadie sonría, en que nadie ría, en que la vida es un pecado, un castigo. ¿Cómo vas a disfrutar la vida si vives en un clima donde siempre te han dicho que es un castigo, que estás sufriendo porque no has hecho bien las cosas, una especie de cárcel donde te han encerrado para sufrir?

Yo digo que la vida no es una cárcel, no es un castigo. Es una recompensa, y sólo los que se lo han ganado la reciben, los que se lo merecen. Ahora, estás en tu derecho de disfrutar; si *no* disfrutas será pecado. No embellecer la existencia, dejarla tal y como la encontraste, es ir contra la existencia. No, déjala un poco más feliz, un poco más bella, un poco más fragante.

Escucha a tu ser. Te está dando pistas constantemente;
es una diminuta y sutil voz. No te grita, es cierto. Si estás
en silencio empezarás a sentir cómo eres. Sé la persona que
eres. No intentes ser otra persona distinta y te convertirás
en una persona madura. La madurez es aceptar la responsabilidad
de ser uno mismo, cueste lo que cueste.
Arriesgar todo con tal de ser uno mismo, en eso consiste
la madurez.

Definiciones

DE LA IGNORANCIA A LA INOCENCIA

MADUREZ significa lo mismo que inocencia, pero con una diferencia: es recuperar la inocencia, es volver a recordar. Todos los niños son inocentes al nacer, pero las sociedades los corrompen. Todas las sociedades, hasta ahora, han corrompido a los niños. Todas las culturas se basan en aprovecharse de la inocencia del niño, en explotar al niño, hacerle esclavo, condicionarle para sus propios propósitos, para sus propios fines: políticos, sociales, ideológicos. Todo su esfuerzo consiste en reclutar niños como esclavos para algún propósito. Los intereses creados deciden esos propósitos. Los sacerdotes y los políticos están llevando a cabo una profunda conspiración; trabajan juntos.

En cuanto el niño empieza a formar parte de la sociedad, comienza a perder algo enormemente valioso, comienza a perder el contacto con Dios. Cada vez está más obsesionado con la cabeza y se olvida del corazón, y el corazón es el puente que te conduce a tu ser. Sin el corazón no podrás alcanzar tu ser, es imposible. Desde la cabeza hasta el ser no hay un camino directo; tienes que pasar por el corazón, y todas las sociedades son destructivas para el corazón. Van contra el amor, contra los sentimientos; tachan a los sentimientos de sentimentalismo. Desde el principio de los tiempos, han censurado a los amantes por el simple hecho de que el amor no surge en la cabeza sino en el corazón. La persona que es capaz de amar, antes o después llegará a descubrir su ser, y cuando alguien ha descubierto su ser se libera de las estructuras, de los moldes. Se libera de todas las ataduras. Es libertad pura.

Todos los niños son inocentes al nacer, pero la sociedad los educa. Por eso existen los colegios, las escuelas, las universidades; su función es destruirte, corromperte.

Madurez significa recuperar de nuevo tu inocencia, reclamar tu paraíso, volverte de nuevo un niño. Por supuesto, hay una diferencia, un niño corriente está destinado a ser corrompido, pero cuando recuperas tu infancia de nuevo, te vuelves incorruptible. Nadie te puede corromper, eres lo bastante inteligente; ahora ya sabes lo que te ha hecho la sociedad, estás atento y alerta y no vas a permitir que suceda otra vez.

> No hay un camino directo de la cabeza al ser, tienes que pasar por el corazón, y todas las sociedades son destructivas para el corazón.

La madurez es volver a nacer, es un nacimiento espiritual. Vuelves a nacer, vuelves a ser un niño. Empiezas a ver la existencia con nuevos ojos. Te diriges a la vida con amor en el corazón. Vas hasta el fondo de tu ser con silencio e inocencia. Ya no eres sólo la cabeza. Usas la cabeza, pero ahora es tu sierva. Primero vas al corazón, y después trasciendes incluso el corazón...

Ir más allá de los pensamientos y convertirte puramente en ser es madurez. La madurez es el florecimiento absoluto de la meditación.

Jesús dice: «A menos que vuelvas a nacer, no entrarás en el reino de Dios.» Tiene razón, tienes que volver a nacer.

Un día, Jesús estaba en la calle y alguien le preguntó: «¿Quién es digno de entrar en el reino de Dios?» Miró a su alrededor. Había un rabino que debía de pensar que era uno de los elegidos, porque dio un paso al frente, pero no fue escogido. Estaba también el hombre más virtuoso de la ciudad, el moralista, el puritano. Se adelantó un poco, esperando ser escogido, pero no lo fue. Jesús miró a su alrededor, se fijó en un niño pequeño que no esperaba ser escogido, y ni siquiera se había movido un centímetro. No se le había ocurrido, no había pensado que podría ser escogido. Estaba disfrutando de esta escena... la multitud, Jesús y toda la gente hablando, y él escuchándoles. Jesús le llamó, lo levantó en brazos y le dijo a la multitud: «Sólo los que son como este niño son dignos de entrar en el reino de Dios.»

Pero tened en cuenta que dijo: «... los que son *como* este niño...». No dijo: «Los niños.» Hay una gran diferencia entre las dos cosas. No dijo: «Este niño entrará en el reino de Dios», porque todo los niños están destinados a ser corrompidos, a ir por mal camino. Cada Adán y cada Eva tendrán que ser, inevitablemente, expulsados del Edén, deberán ir por el mal camino. Ésta es la única manera de recobrar la verdadera juventud: antes tienes que perderla. Es extraño, pero así es la vida. Es muy paradójico, pero la vida es una paradoja. Para conocer la verdadera belleza de tu juventud, primero tienes que perderla, si no, nunca la conocerás.

El pez no sabe dónde está el océano, a menos que lo saques del agua y lo eches sobre la arena, bajo un sol abrasador; entonces, sabrá dónde está el océano. Entonces anhela estar en el agua, y hace cualquier esfuerzo por volver a ella, salta al océano. Es el mismo pez, sin embargo, no es el mismo. Es el mismo océano, sin embargo, no es el mismo. Porque el pez ha aprendido una nueva lección. Ahora es consciente, sabe que: «Éste es el océano y ésta es mi vida. Sin él no existo, formo parte de él.»

> Madurez significa recuperar de nuevo tu inocencia, reclamar tu paraíso, volverte de nuevo un niño. Por supuesto, hay una diferencia, un niño corriente está destinado a ser corrompido, pero cuando recuperas tu infancia de nuevo, te vuelves incorruptible.

Todos los niños tienen que perder la inocencia para volver a recuperarla. Perderla sólo es una parte del proceso; hay muchas personas que la han perdido pero pocas la han recuperado. Es una desgra-

> Cada Adán y cada Eva tendrán que ser, inevitablemente, expulsados del Edén, deberán ir por el mal camino. Ésta es la única manera de recobrar la verdadera juventud: antes tienes que perderla.

cia, una gran desgracia. Todo el mundo pierde la inocencia, pero sólo de vez en cuando aparece un Buda, un Zaratustra, un Krishna o un Jesús que la recuperan. Jesús no es nada más que Adán volviendo a casa. Magdalena no es nada más que Eva volviendo a casa. Han salido del mar y han visto la infelicidad y la estupidez. Se han dado cuenta de que estar fuera del agua es una desgracia.

En cuanto tomas conciencia de que formar parte de cualquier sociedad, religión o cultura significa seguir siendo desgraciado, seguir estando preso, en ese momento empiezas a cortar tus cadenas. La madurez está llegando, estás recobrando tu inocencia.

MADURAR Y ENVEJECER

> El envejecimiento no es algo que tú haces, sino algo que sucede físicamente. Con el tiempo, cada niño que nace se hará viejo. La madurez es algo que tú aportas a la vida, surge de la conciencia.

Hay una gran diferencia entre madurar y envejecer, una enorme diferencia, y la gente siempre se equivoca. Creen que envejecer es madurar, pero el envejecimiento pertenece al cuerpo. Todo el mundo envejece, todo el mundo se vuelve viejo, pero no necesariamente maduro. La madurez es un crecimiento interior. El envejecimiento no es algo que tú haces, sino algo que sucede físicamente. Con el tiempo, cada niño que nace se hará viejo. La madurez es algo que tú aportas a la vida, surge de la conciencia. Cuando una persona envejece de una forma plenamente consciente, se vuelve madura. Envejecimiento más conciencia, experiencia más conciencia, es madurez.

Hay dos maneras de experimentar una cosa. Puedes experimentarlo como si estuvieses hipnotizado, inconsciente, sin prestar atención a lo que está sucediendo; sucede algo pero tú no estás ahí. No sucede en tu presencia, estás ausente. Has pasado de largo, no te ha tocado. No te ha dejado huella, no has aprendido nada de ello. Se puede haber convertido en parte de tu memoria porque, de algún modo, estabas presente, pero no se ha vuelto parte de tu sabiduría. No has crecido a consecuencia de esta experiencia. Entonces, estás envejeciendo. Pero si le añades a una experiencia la virtud de la conciencia, la misma experiencia se convertirá en madurez.

Son las dos maneras de vivir: la primera, vivir en un sueño profundo, envejecer, hacerse viejo, ir muriendo poco a poco, y nada más. Toda tu vida consiste en una dilatada muerte lenta. Pero si añades conciencia a tus experiencias —a todo lo que hagas, a todo lo que te suceda—, estarás alerta, despierto, atento; estarás saboreando la experiencia por los cuatro costados, estarás intentando comprender su significado, estarás intentado llegar hasta el fondo de lo que te ha sucedido, estarás intentando vivirlo intensa y totalmente; entonces, no es un fenómeno meramente superficial. En el fondo de tu ser hay algo que está cambiando con esta experiencia. Te estás volviendo más atento. Si la experiencia es un error, ya no volverás a cometer el mismo error.

> Una persona madura nunca vuelve a cometer el mismo error. Pero si sólo es un viejo volverá a cometer los mismos errores una y otra vez. Vive en un círculo y no aprende nada.

Una persona madura nunca vuelve a cometer el mismo error. Pero si sólo es un viejo volverá a cometer los mismos errores una y otra vez. Vive en un círculo y no aprende nada. Hoy estás enfadado, ayer estabas enfadado y anteayer también, mañana estarás enfadado y pasado mañana también. Te enfadas una y otra vez, te arrepientes una y otra vez, y una y otra vez tomas la decisión de no volver a hacerlo. Pero esa decisión no cambia nada, en cuanto te molestan estalla la ira, estás poseído; vuelves a cometer el mismo error. Te estás haciendo viejo.

Si vives una sola vez una experiencia de enfado con totalidad, nunca te volverás a enfadar. Bastará una sola vez para enseñarte que es ridículo, que es absurdo, que simplemente es estúpido; esto no significa que sea un pecado, sino que es estúpido. Te estás haciendo daño a ti mismo y a los demás para nada. No vale la pena. Entonces, estarás madurando. Mañana se puede repetir la situación pero no se repetirá el enfado. Y, la persona que está madurando no *decide* que no se va a volver a enfadar, no, eso indica que la persona no está madurando. Un hombre maduro nunca decide el futuro; la propia madurez se ocupa de ello. Vives el presente, y la vida misma decidirá cómo será el mañana; será consecuencia de ella.

> Un hombre maduro nunca decide el futuro; la propia madurez se ocupa de ello. Vives el presente, y la vida misma decidirá cómo será el mañana; será consecuencia de ella.

Si el enfado ha sido doloroso, venenoso, si has pasado un infierno, entonces, ¿qué sentido tiene tomar una decisión, hacer un voto, ir al templo y declarar: «Ahora haré el voto de no volver a enfadarme nunca más»? Eso es infantil, ¡no tiene sentido! Si has entendido que el enfado es venenoso, ¡se acabó! Ese camino se ha cerrado, esa puerta ya no existe para ti. La situación se volverá a repetir mañana, pero no estarás poseído por ella. Has aprendido algo: que habrá entendimiento. Incluso te puedes reír, puedes disfrutar viendo la tontería de la gente. Tu entendimiento aumenta con cada experiencia.

Puedes vivir la vida como si estuvieses hipnotizado —así es como vive el noventa y nueve por ciento de la gente—, o puedes vivir con intensidad, con conciencia. Si vives con conciencia maduras; si no, simplemente te haces viejo. Y hacerse viejo no es volverse sabio. Si cuando eras joven eras un idiota, cuando seas viejo sólo serás un viejo idiota, y nada más. No te vuelves sabio simplemente por envejecer. Incluso puedes llegar a ser más idiota, porque puedes convertir tus hábitos en algo mecánico, robótico.

Se puede vivir la vida de dos maneras. Si vives inconscientemente, simplemente mueres; si vives conscientemente lograrás tener cada vez más vida. Llegará la muerte, pero sólo a la persona que ha envejecido y nunca a una persona madura. Una persona madura nunca muere, porque estará aprendiendo incluso a través de la muerte. La muerte se convierte en una experiencia para vivirla intensamente, observarla, permitirla.

El hombre maduro nunca muere. De hecho, la muerte lucha y se hace añicos, se suicida contra la roca de la madurez. La muerte muere, pero no el hombre maduro. Éste es el mensaje de los que están despiertos: que eres inmortal. Ellos lo han conocido, han vivido su muerte. Han observado y han descubierto que te puede rodear, pero te mantienes al margen, estás a mucha distancia. La muerte ocurre a tu alrededor pero no te ocurre a ti.

Tu ser es inmortal, tu ser es dicha, tu ser es divino, pero no puedes implantar esas experiencias dentro de tu mente o tu memoria. Para conseguirlas tienes que pasar a través de la vida. Hay mucho sufrimiento, mucho dolor. La gente quiere vivir estúpidamente a causa del dolor y el sufrimiento; es necesario entender por qué hay tanta gente que insiste en vivir hipnotizada, por qué los Budas y los Cristos insisten en decirle a la gente que se despierte, pero nadie les hace caso. Debe haber una profunda implicación en esa hipnosis, debe haber algún interés. ¿Cuál es ese interés?

Hay que comprender este mecanismo, de lo contrario, me escucharás pero nunca te harás consciente. Escucharás y lo convertirás en parte de tus conocimientos: «Este hombre dice que debemos ser conscientes y que eso es bueno, porque los que son conscientes ma-

> Hacerse viejo no significa volverse sabio. Si eras idiota cuando eras joven, cuando seas viejo sólo serás un viejo idiota, nada más.

duran...» Pero tú mismo no lo conseguirás, simplemente será un conocimiento. Puedes comunicar tus conocimientos a los demás, pero eso no les ayuda.

¿Por qué? ¿Te lo has preguntado alguna vez? ¿Por qué no consigues ser consciente? Si eso conduce a una dicha infinita, a alcanzar *satchitananda*, a la verdad absoluta, ¿por qué no eres consciente? ¿Por qué insistes en estar dormido? Hay un interés que es éste: si te vuelves consciente, habrá sufrimiento. Al hacerte consciente, te haces consciente del dolor, y hay tanto dolor que te gustaría tomarte un tranquilizante y dormirte.

> Una persona madura nunca muere, porque estará aprendiendo incluso a través de la muerte. Incluso la muerte es una experiencia que vivirá intensamente, observándola, permitiéndola.

Esta vida adormecida actúa como una protección contra el dolor. Pero el problema es que si estás dormido para el dolor, también estarás dormido para el placer. Imagínate que hubiera dos grifos, uno que pusiera «dolor» y otro que pusiera «placer». Te gustaría cerrar el grifo que pone dolor y abrir el que pone placer. Pero es un juego, si cierras el grifo del dolor, inmediatamente se cerrará el grifo del placer, porque detrás de los dos hay un solo grifo en el que pone «conciencia». O los dos están abiertos, o los dos están cerrados, porque son dos caras del mismo fenómeno, son dos aspectos.

Ésta es la contradicción de la mente; la mente quiere ser cada vez más feliz; si eres consciente es posible ser feliz. La mente, además, quiere sufrir cada vez menos, pero esto sólo es posible si eres inconsciente. Estás en un dilema. Si no quieres dolor, automáticamente desaparece el placer de tu vida, desaparece la felicidad. Si quieres felicidad, abres el grifo y automáticamente empieza a fluir también el sufrimiento. Si eres consciente, tienes que ser consciente de ambas cosas. La vida es sufrimiento y placer. La vida es felicidad e infelicidad. La vida es día y noche, la vida es vida y muerte. Tienes que ser consciente de ambas.

Tenlo en cuenta: si tienes miedo al dolor seguirás hipnotizado, envejecerás, te harás viejo y morirás. Habrás perdido una oportunidad. Si quieres ser consciente, tendrás que ser consciente de ambas cosas, el dolor y el placer; no son fenómenos distintos. La persona que se da cuenta de esto consigue ser muy feliz, pero también es capaz de sentir una profunda infelicidad que tú no sientes.

Una vez murió un maestro zen, y su discípulo más próximo —que ya era un hombre famoso, incluso más que su propio maestro; de hecho, el maestro se había hecho famoso gracias a su discípulo—, el discípulo principal, empezó a llorar; se sentó en los escalones del templo y rompió a llorar.

Se habían reunido miles de personas y no lo podían creer, porque nunca ves a un iluminado llorar y gemir con lágrimas cayendo por las mejillas.

—No podemos creerlo —dijeron—, ¿qué está sucediendo? Estás llorando, y tú mismo nos has dicho que, en el fondo de su ser, las personas no mueren, la muerte no existe. Te hemos oído decir que la muerte no existe millones de veces, entonces, ¿por qué estás llorando? El ser de tu maestro todavía está vivo.

El discípulo abrió los ojos y dijo:

—No me molestéis. Dejadme llorar y gemir. No lloro por el maestro y su ser, estoy llorando por su cuerpo. Era un cuerpo bellísimo. Ese cuerpo ya no volverá a existir.

Alguien le intentó convencer de que esto le crearía mala reputación:

—Se han congregado muchas personas y creerán que no estás iluminado.

El discípulo dijo:

—Déjales que piensen lo que quieran. Desde el día que me iluminé me he vuelto enormemente feliz, pero también me he vuelto enormemente sensible al dolor y el sufrimiento.

> La vida es sufrimiento y placer. La vida es felicidad e infelicidad. La vida es día y noche, la vida es vida y muerte. Tienes que ser consciente de ambas.

Así es como debería ser. Si golpeas a Buda, Buda sufrirá más que si te golpearan a ti, porque se ha vuelto infinitamente sensible. Su sensibilidad es muy delicada, es como el pétalo de una flor de loto. Tu piedra le hará mucho daño, le hará sufrir mucho. Por supuesto, no será consciente de ello, por supuesto, permanecerá al margen. Por supuesto, lo trascenderá, sabrá que está sucediendo pero no tomará parte, será un fenómeno parecido a una nube alrededor, pero está sucediendo.

No puedes ser tan sensible al dolor porque estás profundamente dormido. Te mueves como un borracho, el borracho se cae por la calle, se golpea en la alcantarilla, pero no le pasa nada. Si estuviera consciente sentiría el dolor.

Buda sufre infinitamente y Buda disfruta infinitamente. Ten en cuenta que siempre que alcanzas una cima muy alta creas inmediatamente un profundo valle. Si quieres alcanzar el cielo, tus raíces tendrán que llegar hasta el infierno. Como tienes miedo al dolor, no te puedes volver consciente, y así no puedes aprender nada.

Es como si tuvieses tanto miedo a los enemigos que hubieses cerrado todas las puertas de tu casa. Ahora tampoco podrá entrar tu amigo; le cierras la puerta incluso a tu amante. El amante sigue llamando a la puerta pero tú tienes miedo, podría tratarse de tu enemigo. Estás cerrado —así es como os veo a todos, cerrados, con miedo al enemigo, y el amigo no puede entrar—, no puede entrar nadie porque estás muy asustado.

Abre la puerta. Cuando entra aire fresco en la casa también hay posibilidades de que entren los peligros. Cuando entra un amigo también entra un enemigo, porque el día y la noche van juntos, el dolor y el placer van juntos, la vida y la muerte van juntos. No tengas miedo al dolor, de lo contrario, vivirás anestesiado. Antes de operarte el cirujano te anestesia, porque va a haber tanto dolor que no serías capaz de soportarlo. Tiene que ensombrecer y oscurecer tu conciencia para poder cortarte el cuerpo y que no sufras.

Debido al miedo a la muerte, te has obligado a vivir dentro de una conciencia tenue, una existencia tenue, casi sin estar vivo: esto es el miedo. Tienes que deshacerte de ese miedo; tienes que hacer frente al dolor, tienes que ir a través del sufrimiento, y sólo así tendrás la posibilidad de que entre un amigo.

Cuando conoces las dos cosas, te conviertes inmediatamente en la tercera. Cuando conoces ambas cosas —el dolor y el placer, la dualidad, el día y la noche—, de repente, habrás trascendido.

La madurez es conciencia. El envejecimiento sólo es desgaste.

LA CUESTIÓN FUNDAMENTAL QUE DEBÉIS RECORDAR es que la vida es dialéctica. Existe gracias a la dualidad, es un movimiento entre opuestos. No puedes ser feliz para siempre, de lo contrario, la felicidad dejaría de tener sentido. No puedes estar en armonía para siempre, de lo contrario, no serías consciente de la armonía. A la armonía le tiene que suceder la discordia una y otra vez, y a la felicidad le tiene que suceder la infelicidad. Cada placer tiene su dolor, y cada dolor tiene su placer.

A menos que entendamos la dualidad de la existencia, seguiremos viviendo en una infelicidad innecesaria.

Acepta la totalidad, con sus agonías y éxtasis. No anheles lo imposible; no desees que sólo haya éxtasis y no haya agonía. El éxtasis no puede existir solo, necesita su contrario. Cuando la agonía se convierte en una pizarra, el éxtasis destaca por su claridad, del mismo modo que en la oscuridad de la noche son tan brillantes las estrellas. Cuanto más oscura es la noche, más brillan las estrellas. Durante el día no desaparecen, simplemente son invisibles; no las puedes ver porque no hay contraste.

Imagínate una vida sin muerte; sería un sufrimiento insoportable, una existencia insoportable. Es imposible vivir sin morir, la muerte define a la vida, le da un tipo de intensidad. Como la vida es fugaz, cada momento se vuelve precioso. Si la vida fuese eterna, entonces, ¿qué más daría? Podrías esperar hasta mañana toda la vida, entonces, ¿quién viviría aquí y ahora? El hecho de que mañana vas

> Acepta la totalidad con sus agonías y éxtasis. No anheles lo imposible; no desees que sólo haya éxtasis y que no haya agonía.

a morir te obliga a vivir aquí y ahora. Tienes que sumergirte en el presente, tienes que ir hasta el fondo, porque, ¿quién sabe?, quizá el momento siguiente no llegue nunca.

Uno se siente a gusto con este ritmo, con los dos extremos. Cuando llega la infelicidad le das la bienvenida, cuando llega la felicidad le das la bienvenida, sabiendo que son compañeros del mismo juego. Esto es algo que debemos recordar constantemente. Si se convierte en un recuerdo fundamental, tu vida tendrá un sabor completamente nuevo, el sabor de la libertad, el sabor del no aferrarse, el sabor del no apego. Venga lo que venga, permanecerás inalterado, en silencio, aceptándolo.

La persona que es capaz de permanecer inalterable, en silencio, aceptando el dolor, la frustración y el sufrimiento, transforma la cualidad misma del sufrimiento. Para esta persona el sufrimiento también se vuelve un tesoro; incluso el dolor le da claridad. Para él, incluso la oscuridad tiene belleza, profundidad, es infinita. Para él, la muerte no es el final sino el principio de algo desconocido.

MADUREZ DE ESPÍRITU

Las características de una persona madura son muy extrañas. En primer lugar, no es una persona. Ya no es un ser, tiene una presencia pero no es una persona.

En segundo lugar, es más parecido a un niño, simple e inocente. Por eso he dicho que las características de una persona madura son muy extrañas, porque la madurez da la impresión de que tiene experiencia, parece que ha envejecido, que es viejo; quizá sea viejo físicamente pero espiritualmente es un niño inocente. Su madurez no es una experiencia que ha alcanzado a lo largo de la vida, si no, no sería como un niño, no sería una presencia sino que sería una persona experimentada, instruida pero no madura.

La madurez no tiene nada que ver con tus experiencias vitales. Tiene que ver con tu viaje interior, con tus experiencias interiores.

Cuanto más profundiza en sí misma una persona, más madura

es. Cuando alcanza el centro de su ser es totalmente madura. Pero, entonces, desaparece la persona y sólo queda la presencia. El ser desaparece y sólo queda el silencio. Desaparece el conocimiento y sólo queda la inocencia.

Para mí, madurez es otra forma de decir realización: has llegado a satisfacer todo tu potencial, se vuelve real. La semilla ha realizado un largo viaje y ha florecido.

La madurez tiene una fragancia. Le da una enorme belleza al individuo. Le da inteligencia, la inteligencia más penetrante. Lo convierte en amor. Sus actos son amor, su ausencia de actos es amor; su vida es amor, su muerte es amor. Es una flor de amor.

En Occidente, las definiciones de madurez son muy infantiles. En Occidente, madurez significa que ya no eres inocente, que has madurado a través de las experiencias de la vida, que no te pueden engañar fácilmente, que no pueden abusar de ti, que dentro de ti tienes algo parecido a una roca firme, una protección, una seguridad. Esta definición es muy simple, muy mundana. Sí, en el mundo encontrarás a personas maduras de este tipo. Pero mi manera de entender la madurez es completamente distinta, es diametralmente opuesta a esta definición.

La persona que es capaz de permanecer inalterable, en silencio, aceptando el dolor, la frustración y el sufrimiento, transforma la cualidad misma del sufrimiento. Para esta persona el sufrimiento también se vuelve un tesoro; incluso el dolor le da claridad. Incluso la oscuridad tiene belleza, profundidad, es infinita.

La madurez no te volverá como una piedra; te hará vulnerable, delicado, sencillo…

Recuerdo que… Un ladrón entró en la choza de un místico. Era una noche de luna llena y había entrado ahí por equivocación, porque, ¿qué puedes encontrar en la casa de un místico? El ladrón estaba rebuscando y se sorprendió de no encontrar nada cuando, de repente, vio cómo se le acercaba un hombre con una vela en la mano. El hombre le preguntó:

—¿Qué estás buscando a oscuras? ¿Por qué no me has despertado? Estaba durmiendo en la entrada, si lo llego a saber te habría enseñado toda la casa. —Era tan simple y tan inocente que no podía concebir que hubiese ladrones.

Frente a tanta sencillez e inocencia, el ladrón dijo:

—Quizá no sepas que soy un ladrón.

—No tiene importancia —dijo el místico—, todo el mundo tiene que ser alguien. La cuestión es que llevo treinta años en esta casa y todavía no he encontrado nada, ¡vamos a buscar juntos! Y si encontramos algo, lo repartiremos. Yo no he encontrado nada en esta casa, está vacía. —El ladrón estaba un poco asustado, ¡este hombre es un poco raro! O está loco o… ¿quién sabe qué le ocurre? Quería salir corriendo, además, traía cosas de otras dos casas que había dejado fuera de la casa.

> La madurez no tiene nada que ver con tus experiencias vitales, tiene que ver con tu viaje interior, con tus experiencias interiores. Cuanto más profundiza una persona en sí misma, más madura es.

El místico sólo tenía una manta —es lo único que tenía—, y por las noches hacía frío, por eso le dijo al ladrón:

—No te vayas así, no me insultes de esa forma; si no, nunca podré perdonarme que un día llegó un pobre a mi casa en mitad de la noche y se tuvo que ir con las manos vacías. Llévate esta manta. Te vendrá bien, afuera hace mucho frío. Yo estoy en la casa, aquí dentro hace más calor.

Le echó la manta por encima al ladrón. El ladrón estaba a punto de volverse loco.

—¿Qué estás haciendo? ¡Soy un ladrón!

El místico dijo:

—Eso no importa, tu profesión es tu profesión. Sólo tienes que hacerlo bien, te doy mi bendición. Hazlo a la perfección, no dejes que te atrapen, si no, te meterás en líos.

El ladrón dijo:

—Eres un tipo raro. Estás desnudo, no tienes nada…

El místico dijo:

—No te preocupes, ¡me voy contigo! Sólo me estaba quedando en esta casa por la manta, aparte de eso no tengo nada, y ahora te la he dado a ti. Me voy contigo, ¡podemos vivir juntos! Y parece que tú tienes muchas cosas, es una buena alianza. Yo te he dado todo lo que tenía, tú me puedes dar algo y será suficiente.

El ladrón no podía creerlo. Quería huir de este lugar y de este hombre.

—No —le dijo—, no puedes venir conmigo. Tengo una mujer, tengo hijos. Y ¿qué dirán mis vecinos si me llevo a mi casa a un hombre desnudo?

El místico dijo:

—De acuerdo, no te dejaré quedar en ridículo. Te puedes marchar, yo me quedaré en esta casa. —Y cuando se estaba yendo, el místico le gritó—: ¡Oye, vuelve aquí! —El ladrón nunca había oído una voz tan fuerte, era como un cuchillo. Tuvo que regresar. El místico dijo—: Tienes que aprender algunos modales. Te he dado la manta y ni siquiera me has dado las gracias. En primer lugar, dame las gracias, te va a ser útil durante mucho tiempo. Y en segundo lugar, cuando salgas… has abierto la puerta al entrar, ¡ciérrala! ¿No te das cuenta de que hace mucho frío, te he dado la manta y estoy desnudo? No me importa que seas un ladrón, pero en lo que a modales se refiere, soy un hombre muy estricto. No tolero esa clase de comportamiento. ¡Da las gracias!

El ladrón tuvo que decir:

—Gracias, señor —cerró la puerta y se fue corriendo. ¡No podía creer lo que le había sucedido! Esa noche no pudo dormir. No podía olvidarlo… nunca había oído una voz tan fuerte, tan poderosa. ¡Y ese hombre no tenía nada!

Al día siguiente preguntó por él y descubrió que era un gran maestro. Lo que había hecho no estaba bien, ir a casa de ese pobre hombre que no tenía nada, qué vergüenza. Pero era un gran maestro.

El ladrón dijo:

—Yo también me puedo dar cuenta de eso, es un hombre muy raro. En mi vida me he encontrado con gente de todo tipo, desde los más pobres hasta los más ricos, pero nunca…, sólo recordarlo me produce escalofríos. Cuando me llamó no pude salir corriendo. Estaba libre, podría haber cogido todas las cosas y salir corriendo, pero no pude. Había algo en su voz que me lo impidió.

Al cabo de unos meses, capturaron al ladrón y el magistrado le preguntó:

—¿Puedes nombrar a alguien que te conozca en esta vecindad?

El ladrón dijo:

—Sí, hay una persona que me conoce —y mencionó al maestro.

El magistrado dijo:

—Eso es suficiente, llamad al maestro. Su testimonio vale más que el de mil personas. Lo que diga de ti será suficiente para emitir sentencia.

El magistrado le preguntó al maestro:

—¿Conoces a este hombre?

—¿Si le conozco? —contestó—, ¡somos socios! Es mi amigo, incluso vino a visitarme un día en mitad de la noche. Hacía tanto frío que le di mi manta. La está usando, lo podéis ver. Esa manta es famosa en todo el país; todo el mundo sabe que es mía.

El magistrado dijo:

—¿Es amigo tuyo?, y ¿roba?

El maestro dijo:

—¡Nunca! No sería capaz de robar. Es un caballero y cuando le di la manta me dijo: «Gracias, señor.» Cuando salió de la casa cerró la puerta con cuidado. Es muy educado, es un buen hombre.

El magistrado dijo:

—Si tú lo dices, esto anulará el testimonio de todos los testigos que han dicho que este hombre es un ladrón. Eres libre. —El místico salió y el ladrón le siguió.

El místico dijo:

—¿Qué estás haciendo? ¿Por qué me sigues?

—Ahora ya no te puedo abandonar —le contestó—, has dicho

que soy tu amigo, has dicho incluso que soy tu socio. Nunca me han tratado con respeto. Eres la primera persona que me llama caballero, buena persona. Me sentaré a tus pies y aprenderé a ser como tú. ¿De dónde has sacado esa madurez, ese poder, esa fuerza… esa forma completamente distinta de ver las cosas?

El místico dijo:

—¿Sabes lo mal que lo pasé aquella noche? Tú te habías ido, y hacía tanto frío que no podía dormir sin manta. Estaba sentado en la ventana viendo la luna llena, y escribí un poema: «Si fuese lo bastante rico le habría dado esta luna perfecta a ese pobre hombre que vino de noche a buscar algo a casa de un pobre. Si fuese lo bastante rico le habría dado la luna, pero yo también soy pobre.» Te enseñaré el poema, sígueme.

»Esa noche lloré, porque los ladrones deberían aprender algunas cosas. Al menos, cuando van a casa de un hombre como yo, deberían informar con un día o dos de antelación para que pudiésemos apañar alguna cosa, y no se tuviesen que ir con las manos vacías. Y menos mal que te acordaste de mí en el juicio; esos tipos son peligrosos y te podían haber maltratado. Aquella noche ofrecí irme contigo y ser socios, pero tú lo rechazaste. ¡Ahora, quieres venir conmigo! No pasa nada, puedes venir; compartiré contigo todo lo que tengo. Pero no es algo material, es invisible.

Madurez significa que has llegado a casa. Ya no eres un niño que tiene que crecer, has crecido. Has llegado al máximo de tu potencial.

El ladrón dijo:

—Puedo sentirlo, es invisible. Pero me has salvado la vida, y mi vida ahora es tuya. Haz con ella lo que quieras, yo la he estado malgastando. Cuando te veo, cuando te miro a los ojos, veo una cosa clara: que tú me puedes transformar. Estoy enamorado de ti desde aquella noche.

La madurez, para mí, es un fenómeno espiritual.

LA MADUREZ DE ESPÍRITU ES TOCAR TU CIELO INTERIOR. Cuando te estableces en tu cielo interior, encuentras tu casa, y surge una gran madurez en todos tus actos, en tu comportamiento. Entonces, todo lo que haces tiene gracia. Todo lo que haces es poético. Vives poéticamente, tu caminar es como un baile, tu silencio se convierte en música.

Madurez significa que has llegado a casa. Ya no eres un niño que tiene que crecer, has crecido. Has llegado al máximo de tu potencial. Por primera vez, en un extraño sentido dejas de ser, y *eres*. Ya no eres tus viejas ideas, tus fantasías, tu vieja comprensión de ti mismo, todo eso se ha ido por el desagüe. Ahora, surge en ti algo nuevo, absolutamente nuevo y virgen, que transforma toda tu vida en alegría. Te has vuelto un extraño para el mundo de la infelicidad, ya no provocas infelicidad en ti mismo o en los demás. Vives tu vida con total libertad, sin tener en cuenta lo que digan los demás.

Las personas que siempre están teniendo en cuenta a los demás y sus opiniones son inmaduras. Dependen de las opiniones de los demás. No pueden hacer nada con totalidad, con honestidad, no pueden decir lo que quieren decir, dicen lo que los demás quieren oír. Vuestros políticos dicen lo que vosotros queréis oír. Os prometen lo que queréis. Saben perfectamente que no podrán cumplir esas promesas, ni tienen intención de cumplirlas. Pero si dijeran exactamente, verdaderamente cuál es la situación, y os dejaran claro que muchas de las cosas que estáis pidiendo son imposibles, no se pueden conseguir, entonces, tendríais que echarlos. No vais a elegir a un político que sea sincero.

Es un mundo muy extraño. Parece un hospital psiquiátrico. Si dentro de este hospital psiquiátrico te das cuenta y te haces consciente de tu ser interno, estás bendecido.

> Las personas que siempre están teniendo en cuenta a los demás y sus opiniones son inmaduras. Dependen de las opiniones de los demás. No pueden hacer nada con totalidad, con honestidad, no pueden decir lo que quieren decir, dicen lo que los demás quieren oír.

Los ciclos vitales de siete años

LA VIDA tiene una evolución interna, y conviene conocerla. Cada siete años, según dicen los fisiólogos, el cuerpo y la mente atraviesan una crisis y un cambio. Cada siete años todas las células del cuerpo cambian, se renuevan totalmente. De hecho, si vives setenta años, la media de edad, tu cuerpo muere diez veces. Al séptimo año cambia todo, es igual que las estaciones. En setenta años se completa el ciclo. La línea que empieza en el nacimiento llega hasta la muerte, y en setenta años se cierra el círculo. Hay diez divisiones.

De hecho, la vida del hombre no se debería dividir en infancia, juventud, vejez… eso no es muy científico, porque cada siete años comienza un nuevo ciclo, se da un nuevo paso.

Durante los primeros siete años, el niño está centrado en sí mismo, es como si fuese el centro de la existencia. Toda la familia se mueve alrededor de él. Todas sus necesidades deberán ser cubiertas inmediatamente, de lo contrario, tendrá una rabieta, un enfado, ira. Vive como un emperador, un verdadero emperador; todos están para servirle, su madre, su padre y el resto de la familia sólo existen para él. Y, por supuesto, él piensa que esto también sucede con el resto de la existencia. La Luna sale para él, las estaciones cambian para él. Durante siete años el niño es absolutamente egoísta, es el centro. Si le preguntas a los psicólogos te dirán que durante siete años el niño es un masturbador, está satisfecho consigo mismo. No necesita nada, no necesita a nadie. Se siente completo.

Al cabo de siete años, hay un progreso. El niño ya no es el centro; se vuelve literalmente excéntrico. Excéntrico es una palabra que significa «salirse del centro». Se dirige hacia los demás. Los demás se convierten en el fenómeno importante: los amigos, las pandillas... Ahora, ya no está tan interesado en sí mismo, sino en el resto, en el mundo exterior. Comienza la aventura de descubrir quién es el «otro». Comienza la indagación.

Después del séptimo año, el niño se convierte en un gran interrogador. Pregunta cualquier cosa. Se vuelve un gran escéptico porque está indagando. Hace millones de preguntas. Aburre mortalmente a sus padres, se convierte en una pesadez. Está interesado en lo demás, y todo le parece interesante. ¿Por qué son verdes los árboles? ¿Por qué creó Dios el mundo? ¿Por qué esto es así? Se vuelve cada vez más filosófico... indagación, escepticismo, insiste en profundizar en las cosas.

> Durante los primeros siete años, el niño está centrado en sí mismo, es como si fuese el centro de la existencia. Toda la familia se mueve alrededor de él.
> Todas sus necesidades deberán ser cubiertas inmediatamente, de lo contrario, tendrá una rabieta, un enfado, ira.

Mata a una mariposa para ver que hay dentro, destruye un juguete para ver cómo funciona, rompe un reloj sólo para ver lo que hay dentro, cómo hace tictac y da las campanadas, ¿qué pasa por dentro? Se empieza a interesar por el otro, pero el otro sigue teniendo el mismo sexo. No le interesan las niñas. Si a los otros niños les interesan las niñas pensará que son maricas. Las niñas no están interesadas en los niños. Si a alguna niña le interesan los niños dirán que es una marimacho, que no es normal, no es corriente; no está bien. Los psicoanalistas dicen que esta segunda fase es homosexual.

A partir de los catorce años se abre una tercera puerta. Ya no le interesan los niños, las niñas ya no están interesadas en las niñas. Son amables pero no les interesa. Por eso, la amistad que surge entre los siete y los catorce años es la más profunda, porque la mente es homosexual, y, en la vida no volverá a tener una amistad como ésta nunca más. Serán amigos para siempre, el vínculo es muy profundo. Te harás amigo de otras personas pero serán conocidos, y no el profundo fenómeno que sucedió entre el séptimo y decimocuarto año.

Después del decimocuarto año al niño ya no le interesan los demás niños. Si todo va con normalidad, si no se ha atascado en ninguna parte, empezarán a interesarle las niñas. Se está empezando a volver heterosexual, no sólo le interesan los demás, sino que le interesa «el otro», porque cuando un niño está interesado en los niños, ese niño puede ser el «otro», pero sigue siendo un niño como él, no es exactamente el otro. Cuando un niño empieza a interesarse por las niñas es cuando realmente se interesa por lo opuesto, el verdadero otro. Cuando una niña se empieza a interesar por un niño, aparece el mundo.

El decimocuarto año es el de la gran revolución. El sexo madura, uno empieza a pensar en términos de sexo; las fantasías sexuales comienzan a destacar en los sueños. El niño se convierte en un gran donjuán, empieza a cortejar. Surge la poesía, el romance. Empieza a entrar en el mundo.

> El decimocuarto año es el de la gran revolución. El sexo madura, uno empieza a pensar en términos de sexo; las fantasías sexuales comienzan a destacar en los sueños. El niño se convierte en un gran donjuán, empieza a cortejar. Surge la poesía, el romance. Empieza a entrar en el mundo.

Pero, si todo va con normalidad y la sociedad no ha obligado al niño a hacer algo que no es natural, cuando llega a los veintiún años el niño empieza a tener más interés por la ambición que por el amor. Quiere tener un Rolls Royce, un gran palacio. Quiere triunfar, ser un Rockefeller, un primer ministro. Las ambiciones cobran mayor importancia; las cosas que le preocupan son los deseos de futuro, el éxito, cómo triunfar, cómo competir, cómo desenvolverse en la lucha.

Ahora no sólo está entrando en el mundo de la naturaleza sino que está entrando en el mundo de la humanidad, de la calle. Ahora está entrando en el mundo de la locura. El mundo se convierte en lo más importante. Todo su ser sale al mundo, al dinero, al poder, al prestigio.

Si todo va bien —aunque esto no pasa nunca, me refiero al fenómeno absolutamente natural—, a los veintiocho años el hombre no intentará en absoluto tener una vida llena de aventuras. De los veintiuno a los veintiocho años vive la aventura; al llegar a los veintiocho años, se vuelve más consciente de que no puede satisfacer todos los deseos. Hay una mayor comprensión de que muchos deseos son imposibles. Si eres tonto irás detrás de ellos pero, a los veintiocho años, las personas inteligentes entran en otro espacio. Están más interesadas en la seguridad y el confort, y menos en la aventura y la ambición. Empiezan a sentar la cabeza. El vigesimoctavo año es el fin del hippismo.

> Alrededor de los veintiocho años van a la compañía de seguros. Empiezan a asentarse. El vagabundo ya no es un vagabundo.

A los veintiocho años los hippies se vuelven carrozas, los revolucionarios ya no son revolucionarios; empiezan a sentar la cabeza, buscan una vida cómoda, unos ahorros en el banco. No quieren ser Rockefeller, eso se ha acabado, ya no tienen ese deseo. Quieren tener una casita pequeña pero bien instalada, un sitio acogedor para vivir, seguridad, por lo menos podrán tener eso, y unos pequeños ahorros en el banco. Alrededor de los veintiocho años van a la compañía de seguros. Empiezan a asentarse. El vagabundo ya no es un vagabundo. Compra una casa, empieza a vivir en ella; se vuelve civilizado. La palabra civilización proviene de la palabra *civis*, ciudadano. Ahora forma parte de un pueblo, de una ciudad, del sistema. Ya no es un vagabundo, ya no es un errante. Ya no va a Katmandú y a Goa. No va a ninguna parte, se acabó, ha viajado bastante, ha conocido bastante; ahora quiere asentarse y descansar un poco.

A los treinta y cinco años de vida la energía alcanza su punto omega. El círculo está medio completo y las energías empiezan a declinar. Ahora el hombre no sólo está interesado en la seguridad y el confort, ahora se vuelve un conservador, un ortodoxo. Ya no sólo no le interesa la revolución, sino que se vuelve antirrevolucionario. Ahora está contra los cambios, es un conformista. Está contra las revoluciones, quiere un estatus quo porque se ha asentado, y si las cosas cambian, eso trastocará toda su vida. Ahora está en contra de los hippies, de los rebeldes, realmente se ha vuelto parte del sistema.

Esto es natural, y a menos que pase algo, un hombre no va a seguir siendo un hippy toda su vida. Eso ha sido una fase, está bien pasar por ella pero no quedarse atascado, porque significa que te quedas atascado en una etapa determinada. Estuvo bien ser homosexual entre los siete y los catorce años, pero si uno sigue siendo homosexual el resto de su vida es que no ha crecido, no es adulto. Tiene que contactar con una mujer, es parte de la vida. El otro sexo tiene que volverse importante porque sólo entonces podrás conocer la armonía entre los opuestos, el conflicto, el sufrimiento, el éxtasis… la agonía y el éxtasis, ambos. Es una preparación, una preparación necesaria.

> Al llegar a los treinta y cinco años uno está en contra del cambio, porque cualquier cambio trastoca su vida, y ahora tienes mucho que perder.

Al llegar a los treinta y cinco años uno debe volverse parte del mundo convencional. Se empieza a creer en la tradición, en el pasado, en los Vedas, en el Corán, en la Biblia. Uno está en contra del cambio porque cualquier cambio trastoca tu vida, y ahora tienes mucho que perder. No puedes estar a favor de la revolución, quieres proteger lo que tienes… Estás a favor de la ley, de los tribunales y el gobierno. Ya no eres un anarquista; estás a favor del gobierno, las leyes, los reglamentos, la disciplina.

A partir de los cuarenta y dos años empiezan a aparecer todo tipo de enfermedades físicas y mentales, porque ahora la vida está declinando. Todo se dirige hacia la muerte. Del mismo modo que al principio tu energía iba aumentando y te sentías cada vez más vital, enérgico, te hacías cada vez más fuerte, ahora sucede justo lo contrario, cada día estás más débil. Pero la costumbre continúa. Hasta los treinta y cinco años has estado comiendo bastante, pero si continúas haciéndolo ahora, tu hábito hará que empieces a engordar. Ahora ya no necesitas tanta comida. Antes la necesitabas pero ahora no, porque tu vida se dirige hacia la muerte, ya no necesita tanto alimento. Si sigues llenando tu barriga como lo hacías antes, empezarán a surgir todo tipo de enfermedades: tensión alta, infartos, insomnio, úlceras... todas surgen alrededor de los cuarenta y dos años; los cuarenta y dos años es uno de los puntos más críticos. El pelo se empieza a caer, empiezan a salir las canas. La vida se va convirtiendo en muerte.

La religión empieza a cobrar importancia por primera vez cerca de los cuarenta y dos años. Probablemente, ya habrás picoteado un poco aquí y allá en la religión, pero ahora se vuelve importante por primera vez, porque la religión está profundamente conectada con la muerte. Ahora se aproxima la muerte y por primera vez deseas la religión.

Carl Gustav Jung escribió que había observado a lo largo de toda su vida que las personas que iban a verle y tenían alrededor de cuarenta años siempre necesitaban una religión. Si se vuelven locos, neuróticos, psicóticos, no se les puede ayudar a menos que la religión esté profundamente arraigada en ellos. Necesitan la religión, es su necesidad básica. Y si vives en una sociedad laica y nunca te han enseñado religión, la mayor dificultad surgirá a los cuarenta y dos años, porque la sociedad no te proporciona ningún camino, ninguna puerta, ninguna dimensión.

Cuando tenías catorce años, la sociedad era buena porque te daba todo el sexo que querías, la sociedad es sexual; aparentemente, el sexo es el único producto que se esconde detrás de cualquier producto. Para vender un camión de diez toneladas también tienes que poner a una mujer desnuda. Para vender pasta de dientes también. No hay ninguna diferencia, ya sea un camión o una pasta de dientes: siempre habrá una mujer desnuda sonriente sentada al fondo. En realidad, te están vendiendo a la *mujer*. No te están vendiendo el camión, no te están vendiendo la pasta de dientes, te están vendiendo a la mujer. Y como en la pasta de dientes sale una mujer sonriendo, también tienes que comprar la pasta de dientes. El sexo se vende en todas partes.

Esta sociedad, una sociedad laica, está bien para los jóvenes. Pero no van a ser jóvenes siempre. De repente, cuando llegan a los cuarenta y dos años la sociedad les deja en el limbo. No saben qué hacer. Se vuelven neuróticos porque no saben, nunca les han enseñado, nunca les han dado un método para enfrentarse a la muerte. La sociedad les ha preparado para la vida, pero nadie les ha enseñado a estar preparados para la muerte. Necesitan tanta educación para la muerte como para la vida.

> Si vives en una sociedad laica y nunca te han enseñado religión, la mayor dificultad surgirá a los cuarenta y dos años, porque la sociedad no te proporciona ningún camino, ninguna puerta, ninguna dimensión.

Si me dejaran hacer lo que quiero, dividiría las universidades en dos partes: una para los jóvenes y otra para los viejos. Los jóvenes irían para aprender el arte de vivir: sexo, ambición, lucha. Cuando se hiciesen más viejos y llegasen a la frontera de los cuarenta y dos, volverían a la universidad para aprender sobre la muerte, Dios, la meditación... porque ahora la antigua universidad no les servirá para nada. Necesitan aprender otras cosas, nuevos métodos para echar raíces en la nueva fase que se está produciendo.

La sociedad les deja en el limbo; por eso hay tantas enfermedades mentales en Occidente. En Oriente no es así. ¿Por qué? Porque en Oriente todavía reciben una cierta educación religiosa. No ha desaparecido totalmente; aunque sea falsa, de mentira, sigue estando ahí, está a la vuelta de la esquina. No está en la calle, no está en el centro de la vida, está justo al lado... pero hay un templo. Está fuera del paso en la vida, pero sigue estando ahí. Tienes que desviarte un poco para llegar, pero todavía existe.

En Occidente, la religión ya no forma parte de la vida. Cuando llegan a los cuarenta y dos años, los occidentales tienen problemas psicológicos. Aparecen miles de tipos de neurosis y úlceras. Las úlceras son las huellas de la ambición. Una persona ambiciosa tiene predisposición a sufrir úlceras de estómago: la ambición muerde, te come. Una úlcera no eres más que tú comiéndote a ti mismo. Estás tan nervioso que has empezado a comerte las paredes de tu estómago. Estás muy nervioso, tu estómago está tan tenso que nunca se relaja. Cuando la mente está tensa el estómago también está tenso.

La úlceras son las huellas de la ambición. Si tienes úlceras eso demuestra que eres un triunfador. Si no tienes úlceras eres un pobre hombre, tu vida ha sido un fracaso, has fracasado totalmente. Si tienes un infarto alrededor de los cuarenta y dos años es que eres un triunfador. Deberás ser, por lo menos, un ministro de gabinete, un rico industrial o un actor famoso; si no, ¿qué explicación tiene el infarto? Un infarto es la definición del éxito.

Todas las personas con éxito padecen infartos, es inevitable. Su sistema está cargado de sustancias tóxicas: ambición, deseo, futuro, mañana, que nunca llegan. Has vivido en un mundo de sueños, ahora tu sistema ya no lo tolera. Y sigues estando tan tenso por el futuro que la tensión se ha convertido en tu estilo de vida. Ahora es un hábito profundamente arraigado.

A los cuarenta y dos años vuelve a haber un progreso. Empiezas a pensar sobre la religión, el más allá. La vida es demasiado, y queda poco tiempo... ¿cómo podrás alcanzar a Dios, el nirvana, la iluminación? De ahí la teoría de la reencarnación: «No tengas miedo. Volverás a nacer muchas veces, y la rueda de la vida seguirá dando vueltas. No tengas miedo: hay tiempo suficiente, queda mucha eternidad, lo alcanzarás.»

Por eso surgieron en India tres religiones —el jainismo, el budismo y el hinduismo— que no están de acuerdo en ninguna cuestión excepto en la reencarnación. Son teorías muy divergentes, ni siquiera están de acuerdo en los fundamentos básicos de Dios, la naturaleza del ser... pero todas están de acuerdo con la teoría de la reencarnación; debe tener alguna explicación. Todas necesitan tiempo, porque para alcanzar a *Brahman* —los hinduistas lo denominan *Brahman*— se necesita mucho tiempo. Es una meta muy ambiciosa, sin embargo, sólo te empieza a interesar a los cuarenta y dos años. Sólo quedan veintiocho años.

Y sólo es el principio de tu interés. De hecho, a los cuarenta y dos empiezas como un niño en el mundo de la religión y sólo te quedan veintiocho años. El tiempo es muy escaso, no es suficiente para alcanzar tan grandes alturas, *Brahman*, como dicen los hinduistas. Los jainistas lo denominan *moksha*, libertad absoluta de todos los karmas pasados. Pero has tenido millones y millones de vidas en el pasado;

> Una persona ambiciosa tiene predisposición a sufrir úlceras de estómago: la ambición muerde, te come. Una úlcera no es más que tú comiéndote a ti mismo. Las úlceras son las huellas de la ambición.

¿cómo te las vas a arreglar con veintiocho años? ¿Cómo vas a desbaratar todo el pasado? Hay un pasado muy largo, con buenos y malos karmas, ¿cómo vas a limpiar tus pecados completamente en veintiocho años? ¡No es justo! Dios te está pidiendo demasiado, no es posible. Si sólo te dieran veintiocho años te sentirías impotente. Y los budistas, que no creen en Dios, que no creen en el espíritu, también creen en la reencarnación. El nirvana, el vacío absoluto, el vacío total... después de haber estado lleno de basura durante tantas vidas, ¿cómo vas a deshacerte de todo eso en veintiocho años?

Es demasiado, es una misión imposible. Por eso están todos de acuerdo en una cosa: que se necesita más futuro, se necesita más tiempo.

Siempre que tienes ambición, necesitas tiempo. Y para mí, la persona religiosa es aquella que no necesita tiempo. Es libre aquí y ahora, alcanza el *Brahman* aquí y ahora, es libre, está iluminado, aquí y ahora. Un hombre religioso no necesita tiempo porque la religión sucede en un momento intemporal. Sucede ahora, siempre sucede ahora; nunca ha sido de otro modo. Nunca ha sucedido de una forma diferente.

A los cuarenta y dos años surge el primer impulso, aún impreciso, no está claro, es confuso. Ni siquiera te das cuenta de lo que está sucediendo, pero empiezas a mirar al templo con profundo interés. A veces, de paso, como en una visita casual, vas a la iglesia. A veces —cuando te sobra tiempo, cuando no tienes nada que hacer—, empiezas a hojear la Biblia, que siempre está encima de la mesa acumulando polvo. De una forma vaga, no del todo clara, como cuando un niño pequeño que aún no conoce el sexo empieza a jugar con su órgano sexual, sin saber lo que está haciendo. Una vaga necesidad…

Algunos se sientan tranquilamente en silencio y, de repente, sienten que les inunda la paz, pero no saben lo que están haciendo. Otros empiezan a repetir un mantra que oían en su infancia. Solía repetirlo la abuela; cuando está nervioso lo empieza repetir. Otro empieza a buscar, intentando encontrar un guru, un guía. Otro se inicia, empieza a aprender un mantra, lo repite a veces, otras veces se olvida, de nuevo lo repite… es una búsqueda imprecisa, vas tanteando.

A los cuarenta y nueve años la búsqueda se aclara; han pasado siete años hasta que se ha aclarado. Ahora tomas una determinación. Ya no estás interesado en los demás, y especialmente si todo ha ido como debería ser —y tengo que repetir esto una y otra vez, porque nunca va como debería—, a los cuarenta y nueve años te dejan de interesar las mujeres. Y a las mujeres les dejan de interesar los hombres; la menopausia, los cuarenta y nueve años. El hombre no se siente sexual. Ahora ese asunto te parece un poco infantil, un poco inmaduro.

Pero la sociedad te puede reprimir... En Oriente han estado en contra del sexo y lo han reprimido. Cuando el joven llega a los catorce años reprimen el sexo y quieren creer que sigue siendo un niño, que no piensa en las niñas. Los demás chicos, tal vez —siempre hay alguno así en el barrio—, pero tu hijo no; es un niño inocente, es como un ángel. Y parece muy inocente, pero no es verdad... sueña con chicas. La chica ha entrado en su inconsciente, es inevitable, es natural... pero tiene que ocultarlo. Empieza a masturbarse y tiene que ocultarlo. Tiene sueños eróticos pero tiene que ocultarlo.

En Oriente el niño de catorce años tiene remordimientos. Sólo a él le sucede algo que no está bien, porque no sabe que en todas partes los demás hacen lo mismo. Se espera mucho de él: debería seguir siendo un ángel, virgen, no pensar en chicas, ni siquiera soñar con chicas. Pero le han empezado a interesar; la sociedad le está reprimiendo.

En Occidente ha desaparecido esta represión pero ha aparecido otra, y esto tiene que quedar claro porque

> La sociedad no dejará de reprimir nunca. Si abandona un tipo de represión, inmediatamente adopta otro. En Occidente, ahora la represión es a los cuarenta y nueve años: obligan a las personas a seguir en el sexo. El hombre empieza a tener remordimientos porque no hace el amor tanto como debería.

tengo la impresión de que la sociedad no dejará de reprimir nunca. Si abandona un tipo de represión, inmediatamente adopta otro. En Occidente, ahora la represión es a los cuarenta y nueve años: obligan a las personas a seguir en el sexo con este mensaje: «¿Qué estás haciendo? ¡El hombre puede tener potencia sexual hasta los noventa años!» Lo dicen personas de mucha autoridad. Y si tú no eres potente y no te interesa el sexo, te empezarás a sentir culpable. A los cuarenta y nueve años el hombre empieza a sentir remordimientos porque no hace el amor tanto como debería.

Y hay maestros que siguen enseñando: «Eso es una tontería. Puedes hacer el amor, puedes hacer el amor hasta los noventa años. Sigue haciendo el amor.» Dicen que si no haces el amor perderás potencia, mientras que si continúas, tus órganos seguirán funcionando. Si te paras ellos se detendrán, y una vez que abandones el sexo tu energía vital disminuirá, te morirás pronto. Si se detiene el marido, la esposa anda detrás de él: «¿Qué estás haciendo?» Si se detiene la esposa, entonces el marido anda detrás de ella: «Los psicólogos están en contra de esto y puede provocar alguna perversión.»

En Oriente cometimos una estupidez, y en Occidente, en la antigüedad, también se cometió la misma estupidez. El que un niño de catorce años desarrollara potencia sexual iba contra la religión, pero esto sucede naturalmente. El niño no puede hacer nada, está fuera de su control. ¿Qué puede hacer? ¿Cómo puede hacer algo? Todos los mensajes acerca del celibato a los catorce años son una tontería, estás reprimiendo a la persona. Pero las viejas autoridades, las tradiciones, los gurus, los ancianos psicólogos y las personas religiosas estaban contra el sexo, todas las autoridades estaban contra el sexo. Se reprimía al niño, aparecía el remordimiento. No se admitía su naturaleza.

Ahora, en el otro extremo, está sucediendo justo lo contrario. A los cuarenta y nueve años, los psicólogos están obligando a la gente a seguir haciendo el amor; si no su vida se acortará. A los cuarenta y nueve años… del mismo modo que a los catorce años aparece el sexo naturalmente, a los cuarenta y nueve años remite naturalmente. Es inevitable porque se tiene que cerrar el círculo.

Por eso, en India hemos decidido que a partir de los cincuenta años el hombre debería empezar a volverse un *vanprasth*, sus ojos deberían mirar al bosque, debería dar la espalda al mundo. *Vanprasth* es una palabra preciosa; significa alguien que mira hacia el Himalaya, hacia el bosque. Ahora da la espalda a la vida, a las ambiciones, a los deseos y todo lo demás, ha terminado. Empieza a avanzar hacia la soledad, hacia ser él mismo.

Hasta este momento, la vida era demasiado y no podía estar solo; tenía que cumplir ciertas responsabilidades, criar a sus hijos. Ahora son adultos. Están casados, cuando llegas a la edad de cuarenta y nueve años, tus hijos se van casando, se van estableciendo. Ya no son hippies, deben estar llegando a los veintiocho años. Ellos se pueden establecer, y tú te puedes desestablecer. Ahora puedes marcharte de casa, convertirte en un vagabundo. A los cuarenta y nueve años deberías empezar a mirar hacia el bosque, volverte hacia dentro, volverte introvertido, hacerte cada vez más meditativo y devoto.

A los cincuenta y seis años vuelve a haber un cambio, una revolución. Ahora ya no basta con mirar hacia el Himalaya; debes viajar de verdad, debes ir. La vida se está acabando, la muerte se aproxima. A los cuarenta y nueve años uno pierde el interés por el otro sexo. A los cincuenta y seis años uno pierde el interés por los demás, la sociedad, los actos sociales, el club. A los cincuenta y seis años uno debería renunciar a ser miembro de cualquier club; ahora te parece absurdo, infantil.

> Del mismo modo que a los catorce años aparece el sexo naturalmente, a los cuarenta y nueve años remite naturalmente. Es inevitable porque se tiene que cerrar el círculo.

Si vas a alguno de estos clubes y ves a la gente trajeada, con corbatas y todo… te parecerá absurdo, infantil. ¿Qué están haciendo? El club de los Leones… hasta el nombre suena ridículo. Están bien para los niños…, ahora hay clubes para niños pequeños que se llaman clubes de los «Cachorros», y para las mujeres están los clubes de las «Leonas». Está bien para los cachorros, pero ¿para los leones y las leonas…? Esto demuestra la mediocridad de sus mentes.

A los cincuenta y seis años uno debería ser lo suficientemente maduro como para salirse de todos los compromisos sociales. ¡Se acabó! Has vivido bastante, has aprendido bastante; ahora le das las gracias a todo el mundo y te sales. Naturalmente, uno debería hacerse *sannyasin* a los cincuenta y seis años. Uno debería tomar *sannyas*, debería renunciar, es algo natural, del mismo modo que entras en el mundo, deberías renunciar a él. La vida debería tener una entrada y también una salida, si no, sería asfixiante. Entras pero nunca sales, y luego dices que te asfixias, que estás angustiado. Hay una salida, y es el *sannyas*, sales fuera de la sociedad. A los cincuenta y seis años, ni siquiera te interesan los demás.

A los sesenta y tres años empiezas a volverte de nuevo como un niño, sólo estás interesado en ti mismo. Eso es la meditación, avanzar hacia dentro como si todo lo demás hubiese desaparecido y no existieses más que tú. Te has vuelto de nuevo un niño, pero enriquecido por la vida, muy maduro, comprensivo, y con una gran inteligencia. Te vuelves de nuevo inocente. Empiezas a avanzar hacia dentro. Sólo te quedan siete años, y tienes que prepararte para la muerte. Tienes que estar listo para morir.

Y ¿qué significa estar listo para morir? Estar listo para morir significa morirte celebrando. Morir con alegría, felicidad, estar dispuesto a morir, darle la bienvenida, eso es estar listo. Dios te ha dado una oportunidad de aprender, y lo has aprendido. Ahora te gustaría descansar. Te gustaría ir a tu casa definitiva. Has pasado aquí una temporada. Has vagado por una tierra desconocida, has vivido con extraños, has amado a desconocidos y has aprendido mucho. Ahora ha llegado el momento: el príncipe debe volver a su reino.

Sesenta y tres es el momento en el que uno se encierra completamente en sí mismo. Toda la energía va cada vez más hacia dentro, se vuelve hacia dentro. Te vuelves un círculo de energía, no te desplazas. No lees, no hablas demasiado. Cada vez estás más callado, cada vez estás más contigo mismo, permaneciendo totalmente separado de lo que te rodea. La energía, poco a poco, se va apaciguando.

Cuando llegas a los setenta estás listo. Si has seguido la evolución natural, entonces, justo antes de tu muerte, nueve meses antes de tu muerte, te darás cuenta de que se está aproximando. Del mismo modo que el niño tiene que pasar nueve meses en el útero de la madre, el mismo ciclo se vuelve a repetir completamente, absolutamente. Nueve meses antes de que llegue la muerte te darás cuenta. Ahora, vuelves a entrar en el útero. Este útero ya no es la madre, este útero está en tu interior.

Los hindúes denominan *gharba*, útero, al altar más secreto del templo. Cuando vas a un templo, la zona más secreta del templo recibe el nombre de útero. Recibe este nombre simbólicamente y muy deliberadamente; es el útero en el que uno debe entrar. En la última fase —nueve meses— uno entra dentro de sí mismo, nuestro propio cuerpo se convierte en el útero. Uno se dirige al altar más recóndito donde siempre ha estado ardiendo la llama, donde siempre ha habido luz, donde está el templo, donde siempre han vivido los dioses. Éste es el proceso natural.

Para este proceso natural no necesitas tener futuro. Tienes que vivir *este* momento naturalmente. El momento siguiente surgirá solo. Igual que un niño crece y se convierte en un muchacho; sin tener que planearlo, simplemente cambia, es natural, sucede. Igual que un río fluye y se convierte en el océano —del mismo modo—, tú fluyes y llegas al final, al océano. Pero uno debería seguir siendo natural, fluir y estar en el momento. En cuanto empiezas a pensar en el futuro, la ambición y el deseo, dejas pasar este momento. Y este momento que has dejado pasar provocará una perversión, porque siempre te faltará algo; habrá una laguna.

Si un niño no vive bien su infancia, esa infancia que no ha vivido pasará a la juventud, ¿dónde puede ir? Tiene que ser vivida. Cuando un niño tiene cuatro años y baila, salta y corre, cazando mariposas, es hermoso. Pero si un joven de veinte años persigue mariposas está loco, hay que ingresarle en un hospital, es un enfermo mental. A los cuatro años no pasaba nada; era natural, es lo que debe hacer un niño. Es lo correcto, si un niño no corre detrás de las mariposas es que algo va mal, hay que llevarle a un psicoanalista. En ese momento estaba bien, pero si corre detrás de las mariposas con veinte años, deberías empezar a sospechar que algo va mal, que no ha crecido. El cuerpo ha crecido, pero la mente va rezagada.

Debe estar perdida por la infancia porque no le permitieron vivirla completamente. Si vive su infancia completamente se convertirá en un hombre joven, hermoso, alegre, no contaminado por la infancia. Se deshará de la piel como una serpiente que cambia su antigua piel. Saldrá renovado. Tendrá la inteligencia de un hombre joven y no parecerá un retrasado.

Vive la juventud completamente. No hagas caso de las ancianas autoridades, apártalas del camino. No les prestes atención, porque han asesinado tu juventud, reprimen a la juventud. Están contra el sexo, y si una sociedad está contra el sexo hará que el sexo se extienda al resto de tu vida, el sexo se convertirá en un veneno. ¡Vívelo! ¡Disfrútalo!

> Tienes que vivir *este* momento naturalmente. El momento siguiente surgirá solo. Igual que un niño crece y se convierte en un muchacho, sin tener que planearlo, simplemente cambias, es natural, sucede.

Entre los catorce y veintiún años, un niño está en la cumbre de su sexualidad. De hecho, hacia los diecisiete o dieciocho años alcanza la cima. Nunca volverá a ser tan potente, y si no aprovecha estos momentos nunca llegará a alcanzar el bello orgasmo que podía haber alcanzado a los diecisiete o dieciocho años.

Yo me encuentro permanentemente con dificultades, porque la sociedad os obliga a seguir célibes hasta los veintiún años, esto quiere decir que se desaprovecha la mejor posibilidad que se tiene de disfrutar el sexo, aprender sexo, entrar en el sexo. Cuando llegas a los veintiún o veintidós años, ya eres viejo en lo que a sexo se refiere. A los diecisiete estabas en la cumbre, eras tan potente, tan poderoso, que el orgasmo, el orgasmo sexual, se habría extendido por todas tus células. Todo tu cuerpo se habría impregnado de dicha eterna. Cuando digo que el sexo se puede convertir en *samadhi*, en superconsciencia, no estoy hablando de los que tienen setenta años, ¡tenlo en cuenta! Estoy hablando de los que tienen diecisiete. Respecto a mi libro *Del sexo a la superconsciencia*..., hay ancianos que vienen y me dicen: «Hemos leído tu libro pero nunca hemos llegado a nada parecido.» No es posible. Se os ha pasado el momento, ahora ya no se puede recuperar. Y yo no soy el responsable; es vuestra sociedad, y vosotros le habéis hecho caso.

Si al niño se le permite disfrutar del sexo libre desde los catorce hasta los veintiún años, del sexo absolutamente libre, el sexo dejará de preocuparle. Será totalmente libre. No se fijará en las revistas *Playboy* o *Playgirl*. No esconderá ofensivas fotos obscenas dentro del armario o en la Biblia. No se molestará en tirarles cosas a las mujeres, no se convertirá en un sobón. Todas estas cosas son feas, sencillamente horribles, pero seguís tolerándolas y no os dais cuenta de lo que está pasando, de por qué todo el mundo está neurótico.

Cuando tienes una ocasión de restregarte contra el cuerpo de una mujer, no la desaprovechas. ¡Qué horror! ¿Restregarte contra un cuerpo? Dentro de ti se ha quedado algo sin satisfacer. No hay nada peor que un anciano que mira con ojos libidinosos; un anciano con ojos libidinosos es la cosa más desagradable del mundo. Sus ojos deberían ser inocentes, debería haberlo superado. No es que el sexo sea una cosa desagradable, tenlo en cuenta, no estoy diciendo que el sexo sea desagradable. El sexo es hermoso en su momento y su época, y no es agradable cuando está fuera de época, cuando se ha pasado el momento. En un hombre de noventa años, el sexo es una enfermedad. Por eso la gente dice «viejo verde». *Es* verde.

> Cuando digo que el sexo puede convertirse en *samadhi*, en superconsciencia, no estoy hablando de los que tienen setenta años, ¡tenlo en cuenta! Estoy hablando de los que tienen diecisiete.

Un hombre joven es bello, sexual. Refleja vitalidad, vida. Un anciano sexual refleja que no ha vivido la vida, refleja una vida vacía, inmadura. Ha desaprovechado la oportunidad y ahora no puede hacer nada, pero sigue pensando en el sexo y dándole vueltas en su mente, soñando.

Recuerda, entre los catorce y los veintiún años una sociedad sana permitirá que haya libertad total en el sexo. Después, la sociedad automáticamente se volverá menos sexual; al cabo de un tiempo ya no habrá sexo. Ya no existirá la enfermedad; vive el sexo cuando llegue el momento, y olvídate de él cuando haya pasado el momento. Pero sólo podrás hacerlo si has vivido; de lo contrario, no podrás olvidar y no podrás perdonar. Te aferrarás, se convertirá en una herida en tu interior.

> Si al niño se le permite disfrutar del sexo libre, del sexo absolutamente libre, el sexo dejará de preocuparle. Será totalmente libre. No se fijará en las revistas *Playboy* o *Playgirl*. No esconderá ofensivas fotos obscenas dentro del armario o en la Biblia.

En Oriente no hagáis caso a las autoridades, digan lo que digan. Escuchad a la naturaleza, cuando la naturaleza diga que es tiempo de amar, amad. Cuando la naturaleza diga que es tiempo de renunciar, renunciad. Y en Occidente no prestéis atención a los tontos de los psicoanalistas y los psicólogos. Por muy sofisticados que sean sus instrumentos —Master y Johnson, y el resto—, por muchas vaginas que hayan analizado y examinado, no conocen la vida.

De hecho, tengo la impresión de que estos Master y Johnson y Kinsey son unos mirones. Ellos mismos están enfermos con el sexo; si no, ¿quién se molestaría en examinar mil vaginas con instrumentos, observando lo que sucede dentro de una mujer cuando hace el amor? ¿A quién le importa? ¡Qué absurdo! Pero cuando las cosas se pervierten suceden este tipo de cosas. Ahora los Master y Johnson se han convertido en los expertos, en las autoridades absolutas. Si tienes algún problema sexual ellos son la autoridad absoluta en el tema. Y sospecho que no han aprovechado su juventud, que no han vivido su vida sexual como debían. Les falta algo en alguna parte y lo están rellenando con todos esos trucos.

Cuando algo está disfrazado de ciencia puedes hacer lo que quieras. Ahora han fabricado unos falsos penes eléctricos, y esos penes laten dentro de vaginas verdaderas, intentando averiguar lo que sucede ahí dentro, si el orgasmo es vaginal o de clítoris, qué hormonas se liberan y cuáles no, y hasta cuándo puede hacer el amor una mujer. Dicen que una mujer puede hacer el amor hasta el último momento, incluso en su lecho de muerte.

De hecho, ellos sugieren que después de la menopausia las mujeres pueden hacer el amor mejor que nunca, y esto es después de los cuarenta y nueve años. ¿Por qué lo dicen? Porque, según dicen, antes de los cuarenta y nueve años la mujer siempre tiene miedo de quedarse embarazada. Aunque esté tomando anticonceptivos, los anticonceptivos no son al cien por cien seguros; hay un riesgo. Al llegar a los cuarenta y nueve años, cuando llega la menopausia y desaparece el período, ya no hay riesgo; la mujer es completamente libre. Si estas opiniones se dan a conocer, las mujeres se convertirán en vampiresas, y las ancianas perseguirán a los hombres porque ya no tienen miedo, y las autoridades lo aprueban. De hecho, dicen que es el momento de disfrutar sin tener responsabilidades.

> Un hombre joven es bello, es sexual. Refleja vitalidad, vida. Un anciano sexual refleja que no ha vivido la vida, refleja una vida vacía, inmadura. Ha desaprovechado la oportunidad y ahora no puede hacer nada, pero sigue pensando en el sexo y dándole vueltas en su mente, soñando.

Y para los hombres también dicen lo mismo. Han encontrado hombres —por eso ahora dicen que no hay una fecha límite—, han encontrado un hombre de sesenta años que puede hacer el amor cinco veces al día. Este hombre es un fenómeno. Debe de tener un problema hormonal o algún problema en su cuerpo. ¡A los sesenta años! Eso no es natural, porque para mí —y puedo decirlo por mi experiencia de muchas vidas, las recuerdo—, a los cuarenta y nueve años un hombre natural no debería tener interés por las mujeres; el interés desaparece. De la misma forma que viene, se va.

Todo lo que viene se tiene que ir. Todo lo que sube tiene que bajar. Las olas que se forman, tendrán que desaparecer, llegará un momento que desaparecerán. A los catorce aparece el sexo; a los cuarenta y nueve, más o menos, se va. Pero un hombre que hace el amor cinco veces al día con sesenta años… hay algo que no funciona, necesita tratamiento. Cuando un hombre de sesenta años necesita hacer el amor cinco veces al día, tiene algún problema. Su cuerpo se ha descontrolado, no está funcionando correctamente, no está funcionando naturalmente.

> De hecho, tengo la impresión de que estos Master y Johnson y Kinsey son unos mirones. Ellos mismos están enfermos con el sexo; si no, ¿quién se molestaría en examinar mil vaginas con instrumentos, observando lo que sucede dentro de una mujer cuando hace el amor? ¿A quién le importa?

Si vives totalmente en el presente, no tienes por qué preocuparte del futuro. Una infancia vivida correctamente te conduce a una juventud correcta, madura, suelta, enérgica, viva, un océano salvaje de energía. Una juventud vivida correctamente te conduce a una vida cómoda, tranquila y apacible. Una vida tranquila y apacible te conduce a la investigación religiosa. ¿Qué es la vida? No es suficiente con vivir, hay que introducirse dentro de este misterio. Una vida tranquila y apacible te conduce a tener momentos de meditación. La meditación te conduce a renunciar a todo lo inútil, a todos los desperdicios, a toda la basura. Toda la vida se vuelve una basura; sólo queda una cosa, eternamente valiosa, que es tu conciencia.

Cuando llegas a los setenta años estás preparado para morir —si has vivido todo correctamente, en su momento, sin posponer para el futuro, sin soñar con el futuro, si has vivido todo lo que fuese en su momento—, nueve meses antes de tu muerte serás consciente de ella. Tienes tanta conciencia que podrás ver que está llegando la muerte.

Muchos santos han señalado la fecha de su muerte con gran antelación, sin embargo, no me he encontrado con ningún caso que señalase la muerte con más de nueve meses de antelación. Exactamente nueve meses antes, el hombre consciente, el hombre que no está cegado por el pasado… porque quien no piensa en el futuro tampoco piensa en el pasado. Ambas cosas van juntas; el pasado y el futuro van juntos, están unidos. Cuando piensas en el futuro esto no es más que una proyección del pasado; cuando piensas en el pasado estás intentando hacer planes para el futuro; van juntos. El presente está aparte de los dos, la persona que vive en el presente no está sepultada por el pasado ni por el futuro, no lleva ninguna carga. No tiene ningún peso que llevar, se mueve ligero. No le afecta la fuerza de gravitación. De hecho, no anda, vuela. Antes de morir, exactamente nueve meses antes, se dará cuenta de que la muerte se está aproximando.

> La persona que vive en el presente no está sepultada por el pasado ni por el futuro, no lleva ninguna carga. No tiene ningún peso que llevar, se mueve ligero. No le afecta la fuerza de gravitación. De hecho, no anda, vuela.

Disfrutará, celebrará y le dirá a la gente: «Mi barco está a punto de llegar y sólo estaré un rato más en esta orilla. Pronto volveré a casa. Esta vida ha sido hermosa, una extraña experiencia. He querido, he aprendido, he vivido muchas cosas, salgo enriquecido. Vine aquí sin nada y vuelvo lleno de experiencias, de madurez.» Estará agradecido a todo lo que le ha sucedido, bueno y malo, correcto o incorrecto, porque ha aprendido en *todas* las situaciones. No sólo de lo correcto, sino también de lo incorrecto; ha aprendido de los sabios que se ha encontrado, pero también ha aprendido de los pecadores, sí, de ellos también. Todos ellos le han ayudado. Le han ayudado las personas que le han robado, y le han ayudado las personas que le ayudaron. Le han ayudado los amigos, le han ayudado los enemigos; todas las cosas le han ayudado. El verano y el invierno, la saciedad y el hambre; todo. Puedes estarle agradecido a todo.

Cuando estás agradecido a todo y estás preparado para morir, la muerte se vuelve hermosa al celebrar esta oportunidad que se nos ha brindado. La muerte ya no es el enemigo, es el mejor amigo porque es la culminación de la vida. Es lo máximo que se puede alcanzar en la vida. No es el final de la vida, es el punto culminante. Crees que es el final porque nunca has sabido qué es la vida; para quien conoce la vida, éste es el punto culminante, la cumbre, la cima más alta.

La muerte es la culminación, es la realización. La vida no se acaba con ella, en realidad, la vida empieza a florecer con ella; es la flor. Para poder conocer su belleza hay que estar preparado para la muerte, hay que aprender ese arte.

> Cuando estás agradecido a todo y estás preparado para morir, la muerte se vuelve hermosa al celebrar esa oportunidad que se nos ha brindado. La muerte ya no es el enemigo, es el mejor amigo porque es la culminación de la vida. Es lo máximo que se puede alcanzar en la vida.

La relación madura

⌘

DEPENDENCIA, INDEPENDENCIA, INTERDEPENDENCIA

EL AMOR puede tener tres dimensiones. Una de ellas es la dependencia, esto es lo que le sucede a la mayor parte de la gente. El marido depende de la mujer, la mujer depende del marido, se aprovechan el uno del otro, se dominan el uno al otro, se poseen el uno al otro, reducen al otro a una mercancía. En el noventa y nueve por ciento de los casos, esto es lo que sucede en el mundo. Por eso, aunque el amor puede abrir las puertas del paraíso, sin embargo, sólo abre las puertas del infierno.

La segunda posibilidad es el amor entre dos personas independientes. Esto ocurre de vez en cuando, pero también produce infelicidad porque hay un conflicto constante. No existe ningún arreglo posible; ambos son muy independientes y ninguno está dispuesto a ceder, a amoldarse al otro.

Es imposible vivir con personas como los poetas, los artistas, los pensadores, los científicos, y todos aquellos que viven, al menos en sus mentes, en una especie de independencia; se trata de personas demasiado excéntricas para convivir con ellas. Le conceden libertad al otro, pero esa libertad se parece más a la indiferencia que a la libertad, porque da la impresión de que el otro no les importa, no les interesa. Se dejan espacio el uno al otro. La relación sólo es superficial; tienen miedo de profundizar en el otro, porque están más aferrados a su libertad que al amor y no quieren hacer concesiones.

La tercera posibilidad es la interdependencia. Eso ocurre en raras ocasiones, pero siempre que ocurre, una parte del paraíso cae sobre la Tierra. Dos personas, ni independientes ni dependientes, sino en una enorme sincronicidad, como si respiraran el uno para el otro, un espíritu en dos cuerpos; cuando sucede esto, ha sucedido el amor. Sólo se puede llamar amor a esto. Las otras dos posibilidades no son amor realmente, son sólo acuerdos sociales, psicológicos, biológicos, pero siguen siendo acuerdos. La tercera posibilidad es espiritual.

> Los poetas, los artistas, los pensadores, los científicos, y todos aquellos que viven, al menos en sus mentes, en una especie de independencia son personas demasiado excéntricas para convivir con ellas. Le conceden al otro libertad, pero esa libertad se parece más a la indiferencia que a la libertad.

NECESITAR Y DAR, AMAR Y TENER

C. S. Lewis ha dividido el amor en estas dos categorías: «el amor necesidad» y «el amor regalo». Abraham Maslow también divide el amor en dos categorías. La primera es la que denomina «amor insuficiencia» y la segunda es «el amor del ser». Esta distinción es importante y debe quedar clara.

El «amor necesidad» o el «amor insuficiencia» depende del otro; es un amor inmaduro. En realidad, no se trata realmente de amor, sino de una necesidad. Utilizas al otro, lo utilizas como un medio. Te aprovechas, manipulas, dominas. Pero el otro queda debilitado, el otro está casi aniquilado. Y el contrario hace exactamente lo mismo. Te intenta manipular, dominar, poseer, utilizar. Utilizar a otro ser humano es muy poco amoroso. Aparenta ser amor, pero es una falsa moneda. Casi al noventa y nueve por ciento de la gente le sucede esto, porque en la infancia recibes la primera lección de amor.

Cuando nace un niño, depende de la madre. El amor hacia su madre es un «amor deficiencia», necesita a la madre, no puede sobrevivir sin ella. Ama a su madre porque su madre es su vida. En realidad, no está enamorado, amará a cualquier mujer, a cualquiera que le proteja, a quien le ayude a sobrevivir, a quien satisfaga su necesidad. La madre es una especie de alimento que necesita tomar. De su madre no sólo recibe leche, sino también amor; y el amor también es una necesidad. Hay millones de personas que siguen siendo infantiles toda su vida, nunca crecen. Crecen en edad pero su mente no crece; su psicología es infantil, inmadura. Siempre están necesitadas de amor, lo anhelan como si fuese su alimento.

Cuando el ser humano empieza a amar en lugar de necesitar, ha madurado. Empieza a rebosar, empieza a compartir; empieza a dar. El énfasis es totalmente distinto. Con el primero se hace énfasis en cómo conseguir más. Con el segundo el énfasis está en cómo dar, cómo dar más y cómo dar incondicionalmente. Esto es crecimiento, madurez. Una persona madura da. Sólo puede dar una persona madura porque es la única que tiene algo para dar. Ese amor no es dependiente. Puedes amar aunque el otro sea o no sea.

> La interdependencia ocurre en raras ocasiones, pero siempre que ocurre, una parte del paraíso cae sobre la Tierra. Dos personas, ni independientes ni dependientes, sino en una enorme sincronicidad, como si respiraran el uno para el otro, un espíritu en dos cuerpos; cuando sucede esto, ha sucedido el amor.

Entonces, el amor no es una relación, es un estado.

Cuando florece una flor en la profundidad del bosque sin que nadie pueda apreciarlo, sin que nadie pueda oler su fragancia, sin que pase nadie y diga «preciosa», sin que nadie saboree su belleza, su alegría, sin nadie para compartirlo, ¿qué ocurre? ¿Qué le sucede a la flor? ¿Se muere? ¿Sufre? ¿Entra en pánico? ¿Se suicida? Sigue floreciendo, simplemente, sigue floreciendo. Le da lo mismo que pase alguien o no, es irrelevante. Sigue esparciendo su fragancia a los cuatro vientos. Sigue ofreciéndole su alegría a Dios, a la totalidad. Cuando esté solo seguiré siendo tan amoroso como cuando estoy contigo. No eres tú el que origina mi amor. Si fueses tú, en el momento que tú desaparecieses también desaparecería mi amor. No estás extrayéndome mi amor, estoy rociándote con mi amor; esto es amor regalo, amor del ser.

> Millones de personas siguen siendo infantiles toda su vida, nunca crecen. Crecen en edad pero su mente no crece; su psicología es infantil, inmadura. Siempre están necesitadas de amor, lo anhelan como si fuese su alimento.

Realmente, no estoy de acuerdo con C. S. Lewis ni con Abraham Maslow. La primera cosa que llaman «amor» no es amor, es una necesidad. ¿Cómo puede ser el amor una necesidad? El amor es un lujo. El amor es abundancia. El amor es tener tanta vida que no sabes qué hacer con ella, y por eso la compartes. Es tener tantas canciones en tu corazón que necesitas cantarlas, sin importar que alguien las esté escuchando o no. Tendrás que seguir cantando tu canción y bailando tu baile aunque no te escuche nadie. El otro puede recibirlo o perdérselo, pero en lo que a ti respecta, estás emanándolo, estás rebosante.

Los ríos no fluyen para ti; aunque tú no estés, seguirán fluyendo. No fluyen porque tienes sed, no fluyen porque tus campos están sedientos; simplemente fluyen. Puedes saciar tu sed o puedes perdértelo; eso depende de ti. El río no estaba fluyendo para ti, simplemente estaba fluyendo. Casualmente, puedes aprovechar el agua para regar tus campos; casualmente, puedes obtener agua para lo que necesites.

Cuando dependes del otro siempre hay infelicidad. En cuanto dependes, empiezas a sentirte desgraciado, porque la dependencia es una esclavitud. Entonces, empiezas a vengarte de forma sutil, porque la persona de la que dependes empieza a tener poder sobre ti. A nadie le gusta estar bajo el poder de otra persona, a nadie le gusta depender, porque la dependencia mata la libertad. Y el amor no puede florecer en la dependencia, el amor es una flor de libertad: necesita espacio, necesita espacio absoluto. El otro no puede interferir. El amor es muy delicado.

Si dependes del otro, inevitablemente te dominará y tú intentarás dominarle. Ésta es la lucha que hay entre los supuestos amantes. Son enemigos profundos, luchan constantemente. ¿Qué hacen los maridos y las mujeres? El amor es muy poco corriente, la norma es luchar, el amor es una excepción. Intentan dominarse por cualquier medio, incluso por medio del amor. Cuando el marido necesita a la mujer, ella se niega, no está dispuesta a hacer nada. Ella es miserable: cuando da, lo hace con reticencia, quiere que estés moviendo el rabo a su alrededor como si fueses un perro. Y lo mismo le sucede al marido. Cuando la mujer necesita algo y se lo pide, él le contesta que está cansado. Ha tenido mucho trabajo en la oficina, está realmente agotado y le gustaría irse a dormir.

Esto son formas de manipular, de matar al otro de hambre, de hacerle pasar cada vez más hambre para que así se vuelva cada vez más dependiente.

> *Cuando el ser humano empieza a amar en lugar de necesitar, ha madurado. Empieza a rebosar, empieza a compartir; empieza a dar. El énfasis es totalmente distinto. Con el primero se hace énfasis en cómo conseguir más. Con el segundo el énfasis está en cómo dar, cómo dar más y cómo dar incondicionalmente.*

Naturalmente, las mujeres son más diplomáticas que los hombres en esta cuestión porque el hombre tiene más poder. No necesita buscar formas sutiles y astutas de ser poderoso, ya es poderoso. Consigue el dinero, ahí está su poder. Muscularmente es más fuerte. Lleva muchos siglos condicionando la mente de la mujer y haciéndole saber que es más fuerte que ella.

El hombre siempre ha intentado buscar una mujer que fuese inferior a él en todos los aspectos. Un hombre no quiere casarse con una mujer más culta que él porque estaría en juego su poder. Un hombre no quiere casarse con una mujer más alta que él, porque una mujer más alta parece superior. No quiere casarse con una mujer demasiado intelectual, porque entonces ella le discutiría, y la discusión puede destruir su poder. Un hombre no quiere casarse con una mujer muy famosa, porque entonces él quedaría en segundo lugar. Y a lo largo de los siglos, el hombre ha querido una mujer que fuese más joven que él. ¿Por qué la mujer no puede ser mayor que él? Porque una mujer mayor tiene más experiencia, y eso destruye su poder.

El hombre siempre ha querido una mujer que fuese inferior a él, por eso las mujeres han perdido altura. No existe ningún motivo por el que deba tener menos altura que el hombre, ningún motivo en absoluto; han perdido altura porque sólo elegían a las más bajas. Poco a poco, esto se ha introducido de tal forma en sus mentes que han perdido altura. Han perdido inteligencia, porque no necesitaban mujeres inteligentes; una mujer inteligente era un monstruo. Os sorprenderá saber que durante este siglo la altura de las mujeres ha empezado a aumentar de nuevo. Hasta sus huesos son más grandes, el esqueleto es más grande. Desde hace cincuenta años… particularmente en América. Y su cerebro también está aumentando y haciéndose más grande de lo que solía ser antes, el cráneo es mayor.

> ¿Cómo puede ser el amor una necesidad? El amor es un lujo. El amor es abundancia. El amor es tener tanta vida que no sabes qué hacer con ella, y por eso la compartes. Es tener tantas canciones en tu corazón que necesitas cantarlas, sin importar si alguien las esté escuchando o no.

Con la idea de la libertad de las mujeres se está destruyendo un condicionamiento muy profundo. El hombre ya tenía poder, por tanto no tenía que ser muy inteligente, no tenía que ser demasiado indirecto. Las mujeres no tenían poder. Cuando no tienes poder tienes que ser más diplomático, es un sustituto. La única forma de sentirse poderosas era sentir que las necesitaban, que el hombre las necesitaba constantemente. Esto no es amor, es una transacción, y se pasan la vida discutiendo sobre el precio. Es una lucha constante.

C. S. Lewis y Abraham Maslow han dividido el amor en dos tipos. Yo no lo divido en dos. El primer tipo de amor sólo es un nombre, una moneda falsa; no es verdad. Sólo es amor el segundo tipo.

El amor solamente sucede cuando eres maduro. Sólo eres capaz de amar cuando has crecido. Cuando sabes qué es el amor, cuando no se trata de una necesidad, sino que estás rebosando amor —amor del ser o amor regalo—, entonces das sin poner condiciones.

El primer tipo, lo que llamamos amor, deriva de una persona con una gran necesidad del otro, mientras que el «amor regalo» o «amor del ser» rebosa de una persona madura hacia otra, surge de la abundancia. Estás desbordando amor. Lo tienes y empieza a extenderse a tu alrededor, igual que cuando enciendes una bombilla y los rayos de luz se empiezan a extender en la oscuridad. El amor es una consecuencia del ser. Cuando *eres*, a tu alrededor tienes un aura de amor. Cuando no eres, no tienes esa aura a tu alrededor. Y cuando no tienes esa aura a tu alrededor, le pides al otro que te dé amor. Déjame repetirlo:

> Cuando no tienes amor, le pides al otro que te lo dé; eres un mendigo. Y el otro está pidiéndote que se lo des. Dos mendigos extendiendo la mano el uno al otro, y esperando que el otro tenga algo... Naturalmente, al final, los dos se sienten decepcionados y engañados.

cuando no tienes amor, le pides al otro que te lo dé; eres un mendigo. Y el otro está pidiéndote que se lo des. Dos mendigos extendiendo la mano el uno al otro, y esperando que el otro tenga algo… Naturalmente, al final, los dos se sienten decepcionados y engañados.

Puedes preguntárselo a cualquier marido o esposa, puedes preguntárselo a los novios, ambos se sienten estafados. El otro tenía una proyección, y si tienes una proyección equivocada, ¿qué puede hacer el otro? Tienes que romper tu proyección; el otro no ha demostrado ser lo que habías proyectado, eso es todo. Pero el otro no tiene la obligación de demostrar que tiene las cualidades que tú esperabas.

Has engañado al otro… éste es el sentimiento del otro, porque el otro esperaba que rebosaras amor. Los dos estabais esperando que el otro rebosara amor, y los dos estabais vacíos, ¿cómo puede haber amor? Como mucho, podréis ser infelices juntos. Antes, eras infeliz solo, separado; ahora, podéis ser infelices juntos. Y ten en cuenta que cuando dos personas son infelices juntas no se trata de una simple suma, sino de una multiplicación.

Cuando estabas solo te sentías desgraciado, ahora os sentís desgraciados juntos. Pero tiene una cosa buena, y es que puedes echarle la responsabilidad al otro; el otro te está haciendo infeliz, ésa es la parte buena. Te sientes cómodo: «A mí no me pasa nada, pero el otro… ¿Qué se puede hacer con una mujer así, mala, quejica? Sólo puedes ser infeliz. ¿Qué se puede hacer con un marido así, horrible, tacaño?» Ahora, puedes echarle la culpa al otro, has encontrado un chivo expiatorio. Pero la infelicidad sigue estando ahí, se multiplica.

Esto es una paradoja: los que se enamoran no tienen amor, por eso se enamoran. Y como no tienen amor, no pueden dar. Y otra cosa: una persona inmadura siempre se enamora de otra persona inmadura, porque entiende el idioma del otro. Una persona madura ama a otra persona madura. Una persona inmadura ama a otra persona inmadura.

Puedes ir cambiando de marido o de mujer mil veces, pero seguirás encontrando el mismo tipo de mujer y el mismo tipo de infelicidad con diferentes formas, pero será la misma infelicidad repetida, es casi lo mismo. Puedes cambiar de mujer, pero tú no cambias, ¿quién va a escoger a tu nueva esposa? Tú; la elección volverá a partir de tu inmadurez. Volverás a elegir de nuevo el mismo tipo de mujer.

El problema básico del amor es empezar por madurar. Entonces, encontrarás un compañero maduro; las personas inmaduras no te atraerán en absoluto. Esto es lo que sucede. Si tienes veinticinco años, no te enamoras de un bebé de dos años. Del mismo modo, si eres una persona madura psicológicamente, espiritualmente, no te enamorarás de un bebé. Esto no sucede. No *puede* suceder, te das cuenta de que no tiene ningún sentido.

En realidad, una persona madura no se enamora (cae enamorada), sino que asciende en el amor. La palabra «caer» no es correcta. Sólo caen las personas inmaduras; tropiezan y se enamoran. De alguna forma, habían conseguido mantenerse de pie. Ahora, no consiguen estar de pie, encuentran a una mujer y están perdidos, encuentran a un hombre y están perdidas. Ya estaban listos para caerse al suelo y arrastrarse. No tienen columna vertebral, espina dorsal; no tienen integridad para estar solos.

> El problema básico del amor es empezar por madurar. Entonces, encontrarás un compañero maduro; las personas inmaduras no te atraerán en absoluto. Esto es lo que sucede.

Una persona madura tiene integridad para estar sola. Y cuando una persona madura da amor, lo da sin estar atado por ningún hilo; simplemente lo da. Cuando una persona madura da amor, está agradecido de que lo aceptes, pero no viceversa. No espera que se lo agradezcas en absoluto, ni siquiera necesita tu agradecimiento. Te da las gracias por aceptar su amor. Y cuando dos personas maduras se enamoran, ocurre una de las mayores paradojas de la vida, uno de los fenómenos más hermosos: están juntos pero enormemente solos. Están tan juntos como si fuesen uno, pero su unidad no destruye su individualidad, sino que, de hecho, la refuerza, se vuelven más individuales. Dos personas maduras enamoradas se ayudan el uno al otro a ser más libres. No están involucrados en política, diplomacia o en el esfuerzo de dominar.

¿Cómo puedes dominar a la persona a la que amas? Piénsalo un poco… la dominación es una especie de odio, rabia, enemistad. ¿Cómo puedes pensar en dominar a la persona a la que amas? Te encantaría que esa persona fuese completamente libre, independiente; le darás más individualidad. Por eso digo que es la mayor paradoja: están tan juntos que casi son una persona, pero en esa unidad siguen siendo individuos. Su individualidad no ha desaparecido, sino que se refuerza. En lo que a su libertad se refiere, el otro les ha enriquecido.

> Cuando dos personas maduras se enamoran, ocurre una de las mayores paradojas de la vida, uno de los fenómenos más hermosos: están juntos pero enormemente solos. Están tan juntos como si fuesen uno, pero su unidad no destruye su individualidad.

La gente inmadura que se enamora destruye la libertad del otro, crea una esclavitud, una prisión. Las personas maduras enamoradas se ayudan la una a la otra a ser libres, se ayudan a destruir todo tipo de ataduras. Y cuando el amor fluye con libertad, hay belleza. Cuando el amor fluye con dependencia, hay fealdad.

Ten en cuenta que la libertad es un valor más elevado que el amor. Por eso en India, lo más elevado recibe el nombre de *moksha*; *moksha* significa libertad. La libertad tiene más valor que el amor. Si el amor destruye la libertad, no vale la pena. Puedes renunciar al amor, hay que salvar la libertad; la libertad tiene más valor. Sin libertad nunca serás feliz, es imposible. La libertad es el deseo intrínseco de todo hombre, de toda mujer: libertad completa, libertad absoluta. Por eso uno empieza a odiar todo lo que destruye su libertad.

¿No odias al hombre que amas? ¿No odias a la mujer que amas? ¡Odias! Es un mal necesario, tienes que resignarte. Puesto que no puedes estar solo, tienes que acostumbrarte a estar con alguien y ajustarte a sus exigencias. Tienes que soportarlo, tienes que aguantarlo.

El amor, el verdadero amor debe ser amor del ser, amor regalo. El amor del ser es un estado, cuando llegas a casa y sabes quién eres, entonces surge el amor en tu ser. La fragancia se empieza a extender y se la puedes ofrecer a los demás. ¿Cómo puedes dar lo que no tienes? El primer requisito básico para poder dar amor es tener amor.

AMOR Y MATRIMONIO

Yo sugiero que el matrimonio debería tener lugar después de la luna de miel, pero nunca antes. Sólo debería existir el matrimonio cuando las cosas van bien.

La luna de miel después del matrimonio es muy peligrosa. Por lo que he podido comprobar, el noventa y nueve por ciento de los matrimonios se terminan cuando la luna de miel llega a su fin. Pero entonces ya estás atrapado, no tienes forma de escaparte. Si dejas a tu mujer o si tu mujer te deja, toda la sociedad, la ley, los tribunales y todo el mundo estarán contra ti. Todo el mundo estará contra ti: la moralidad, la religión, los sacerdotes.

En realidad, la sociedad debería poner barreras al matrimonio y quitárselas al divorcio. La sociedad no debería permitir que la gente se casase tan fácilmente. Los tribunales deberían poner impedimentos: que antes de poderte casar vivas con la mujer al menos durante dos años. Actualmente, están haciendo justo lo contrario.

> Se debería permitir que las personas viviesen juntas para conocerse, para tener confianza. Antes de eso, aunque ellos quisiesen, no se les debería dejar casarse. Así desaparecerían los divorcios de la Tierra.

Cuando quieres casarte, nadie te pregunta si estás listo, o si no es más que un capricho porque te gusta la nariz de esa mujer. ¡Qué idiotez! No se puede vivir sólo con una bella nariz. Al cabo de dos días te habrás olvidado de la nariz, ¿quién se fija en la nariz de su mujer? La mujer nunca está hermosa, el marido nunca está hermoso; en cuanto te relacionas con alguien desaparece la belleza.

Se debería permitir que las personas viviesen juntas para conocerse, para tener confianza. Antes de eso, aunque ellos quisiesen, no se les debería dejar casarse. Así desaparecerían los divorcios de la Tierra. El divorcio existe porque los matrimonios no funcionan y les obligan a casarse. El divorcio existe porque los matrimonios tienen una naturaleza romántica.

La naturaleza romántica está bien si eres poeta, y los poetas no tienen fama de ser buenos maridos ni esposas. De hecho, los poetas casi siempre son solteros, tontean pero nunca pican, por eso su romance sigue vivo. Siguen escribiendo poesía, bella poesía… No deberíamos casarnos con una mujer o un hombre cuando nos encontramos en un momento poético. Deberíamos esperar a que llegase el momento prosaico, y después sentar la cabeza. Porque el día a día es más prosaico que poético.

> No deberíamos casarnos con una mujer o un hombre cuando nos encontramos en un momento poético. Deberíamos esperar a que llegase el momento prosaico, y después sentar la cabeza. Porque el día a día es más prosaico que poético.

Habría que ser lo bastante maduro. Madurez significa que has dejado de ser un estúpido romántico. Has entendido la vida, has entendido la responsabilidad sobre tu vida, has entendido los problemas de estar con otra persona. Aceptas todas esas dificultades y, a pesar de eso, decides vivir con la otra persona. No estás esperando que todo sea como estar en el cielo, que todo sean rosas. No estás esperando bobadas; sabes que la realidad es dura, difícil. Hay rosas pero son pocas y alejadas una de otra, sin embargo hay muchas espinas.

Si eres consciente de todos estos problemas y decides que vale la pena arriesgarse con una persona antes que estar solo, entonces, cásate. De este modo, el matrimonio no matará el amor, porque este amor es realista. El matrimonio sólo mata el amor romántico. Y el amor romántico es lo que la gente llama amor adolescente. No puedes confiar en él. No deberías considerarlo un alimento. Es como un helado, se puede comer a veces, pero no puedes mantenerte a base de helados. La vida tiene que volverse más realista, más prosaica.

El matrimonio en sí no destruye nada. El matrimonio simplemente saca a la luz todo lo que está escondido dentro de ti, lo saca a relucir. Si dentro de ti hay amor escondido, el matrimonio lo saca a relucir. Si el amor sólo era mentira, un cebo, antes o después desaparecerá. Y entonces, tu realidad, tu horrible personalidad saldrá a relucir. El matrimonio es simplemente una oportunidad de sacar a relucir todo lo que estaba oculto en tu interior.

El matrimonio no destruye el amor. Quienes destruyen el amor son las personas que no saben amar. En primer lugar, el amor se puede destruir porque no existía, estabas viviendo en un sueño. La realidad destruye ese sueño. De lo contrario, el amor es algo eterno, es parte de la eternidad. Si creces, si conoces el arte y aceptas la realidad de la vida amorosa, entonces el amor irá aumentando cada día. El matrimonio se convierte en una tremenda oportunidad de crecer en el amor.

> El amor es algo eterno, es parte de la eternidad. Si creces, si conoces el arte del amor y aceptas la realidad de la vida amorosa, entonces el amor irá aumentando cada día. El matrimonio se convierte en una tremenda oportunidad de crecer en el amor.

No hay nada que pueda destruir el amor. Si está ahí, seguirá creciendo. Pero tengo la sensación de que en la mayoría de los casos lo que había no era amor. Te has equivocado, había algo diferente, quizá fuese sexo, quizá fuese atracción sexual. Entonces, el amor se destruirá porque en cuanto has hecho el amor con una mujer desaparece la atracción sexual. La atracción sexual surge hacia todo lo desconocido, una vez que has probado el cuerpo de una mujer o de un hombre, desaparece la atracción sexual. Si tu amor sólo era esta atracción, entonces tendrá que desaparecer.

No confundas el amor con otras cosas. Si el amor es verdadero amor... ¿Qué quiero decir con «verdadero amor»? Quiero decir que te sientes feliz simplemente con estar en presencia de la otra persona, cuando estáis juntos estáis extáticos, la presencia del otro te produce una satisfacción en el fondo de tu corazón... algo empieza a cantar en tu corazón, estás en armonía. Basta con la presencia del otro para que te sientas unido; seas un individuo, estés más centrado, más enfocado. Esto es amor.

> El amor no es una pasión, el amor no es una emoción. El amor es tener una profunda comprensión de que alguien te está completando. El otro consigue que seas un círculo completo. La presencia del otro realza tu presencia. El amor te da libertad para ser tú mismo; no es posesividad.

El amor no es una pasión, el amor no es una emoción. El amor es tener una profunda comprensión de que alguien te está completando. El otro consigue que seas un círculo completo. La presencia del otro realza tu presencia. El amor te da libertad para ser tú mismo; no es posesividad.

Por eso, ten cuidado, no pienses que el sexo es amor o te decepcionarás. Debes estar atento a cuando empieces a sentir que sólo necesitas la presencia del otro, la presencia pura, nada más; sin pedir nada, sólo su presencia, que el otro exista, esto es suficiente para hacerte feliz... Entonces, empieza a florecer algo dentro de ti, brotan mil flores de loto, estás enamorado. Y podrás pasar a través de todas las dificultades que origina la realidad. Podrás pasar por todas las angustias y ansiedades, y tu amor seguirá floreciendo cada vez más, porque todas esas situaciones se convertirán en retos. Y tu amor, al superarlas, crecerá cada vez más y se hará más fuerte.

El amor es eternidad. Si existe, irá aumentando cada vez más. El amor tiene principio pero no tiene final.

PADRE E HIJO

Si los padres son meditativos, si un niño no nace solamente como consecuencia de una relación sexual, sino también como consecuencia de un profundo amor meditativo... Amor meditativo significa fundirse con el ser del otro, no sólo con su cuerpo. Significa apartar vuestro ego, vuestra religión, vuestra ideología; volverse sencillos e inocentes. Si en ese estado incondicional de los padres se concibe un hijo, tendrás la certeza y no sólo la posibilidad de que el hijo no estará condicionado en absoluto.

Hay algunas cosas que debéis entender; no puedo daros ninguna prueba porque están más allá de cualquier prueba. Solamente vuestra experiencia será la prueba.

Por ejemplo, el organismo biológico es capaz de trascenderse a sí mismo. En determinados momentos lo hace. Son los momentos que más aprecia la mente humana, porque en esos momentos conoce la libertad, un ser en expansión, un silencio y una paz absolutos; el amor sin el correspondiente odio a continuación. Éste es el momento que llamamos orgasmo. La biología te da el orgasmo; éste es el regalo más preciado de la ciega biología. Puedes aprovechar esos momentos de libertad, fusión y desaparición, para la meditación. No existe ningún espacio mejor para saltar a la meditación que el orgasmo. Dos amantes que sienten un alma en dos cuerpos... por un segundo, todo se detiene, se detiene incluso el tiempo. No hay pensamientos, la mente se ha detenido. Es simplemente un estado. En estos pequeños momentos puedes ir más allá de la biología.

Lo único que tienes que saber es que esto es meditación: la ausencia de tiempo, la ausencia de ego, el silencio, la dicha, una felicidad que se extiende a todo, un éxtasis incuestionable.

Esto ha sucedido entre dos personas por medio de la biología. Cuando lo sabes puede sucederte también estando solo, basta con cumplir las condiciones. Según mi forma de ver, el ser humano ha llegado a conocer la meditación a través del orgasmo sexual, porque en la vida no existe ningún otro momento en el que te acerques tanto a la meditación.

> Según mi forma de ver, el ser humano ha llegado a conocer la meditación a través del orgasmo sexual, porque en la vida no existe ningún otro momento en el que te acerques tanto a la meditación.

Sin embargo, todas las religiones están contra el sexo. Están a favor de la meditación pero no están a favor del principio, de la experiencia básica que te conduce a la meditación. Por eso han creado una humanidad pobre, no sólo pobre materialmente, sino también espiritualmente. Han condicionado tu mente contra el sexo de tal manera que sólo lo practicas por la presión biológica. Pero bajo esa presión no puedes experimentar la libertad orgásmica, el infinito que de repente se abre, la eternidad de ese momento, la profundidad, la profundidad abismal de esa experiencia.

Como el ser humano ha sido privado de la dicha del orgasmo, es incapaz de saber qué es la meditación. Esto es lo que quieren todas las religiones, que no te vuelvas meditativo; habla acerca del tema, lee acerca del tema, investiga, escucha conferencias... Todo eso provocará más frustración porque comprendes intelectualmente todo lo relacionado con la meditación, pero no tienes la base existencial, ni siquiera una gota de esta experiencia que demuestre que si existe la gota también debe haber un océano en alguna parte.

La gota es la prueba existencial del océano. La biología es mucho más compasiva que vuestras iglesias, sinagogas, templos y mezquitas. Aunque la biología es ciega, no es tan ciega como vuestros Moisés, Krishna, Jesús y Mahoma. La biología es tu naturaleza; sólo siente compasión por ti. Te ha dado todo lo necesario para elevarte, para alcanzar un estado sobrenatural.

He pasado toda mi vida luchando contra los idiotas. No tienen respuestas para lo que les planteo, que es muy sencillo: hablan de meditación pero no pueden darme ninguna prueba existencial en la vida del ser humano; de este modo, la gente sólo entiende las palabras. Pero hay que darles algo para que puedan ser conscientes de que es posible; el amor sin culpabilidad, sin prisas, sin pensar que estás haciendo algo malo. Estás haciendo lo más correcto y lo mejor del mundo.

Es curioso ver que la gente puede matar sin sentirse culpable —no una, sino millones de personas—, pero no pueden hacer un niño sin sentirse culpables. Todas las religiones han sido una calamidad.

> La biología es tu naturaleza; sólo siente compasión por ti. Te ha dado todo lo necesario para elevarte, para alcanzar un estado sobrenatural.

Haz el amor sólo cuando estés en un espacio meditativo. Y cuando estés haciendo el amor crea una atmósfera meditativa. Deberías tratar ese lugar como si fuese sagrado. ¿Qué puede haber más sagrado que crear vida? Hazlo con toda la belleza, la estética y la alegría que puedas. No debería haber ninguna prisa. Y si dos amantes se encuentran en esa atmósfera exterior y en ese silencio interior, atraerán al espíritu más valioso.

Engendras a un niño según tu estado de amor. Si los padres están defraudados con su hijo, deberían plantearse que esto es lo que se merecen. Los padres nunca han hecho posible que entre en el vientre un espíritu más elevado y evolucionado, porque el esperma masculino y el óvulo femenino sólo crean una oportunidad para que entre un espíritu. Crean la oportunidad de que haya un cuerpo en el que pueda encarnarse un espíritu. Pero sólo atraerás al tipo de persona que sea posible dentro de tu actividad sexual.

Los responsables de que el mundo esté lleno de idiotas y mediocres son los padres, es decir, tú. Nunca se pararon a pensar en esto, sus hijos son accidentales. No hay mayor crimen que crear vida accidentalmente.

> Haz el amor sólo cuando estés en un espacio meditativo. Y cuando estés haciendo el amor crea una atmósfera meditativa. Deberías tratar ese lugar como si fuese sagrado. ¿Qué puede haber más sagrado que crear vida? Hazlo con toda la belleza, la estética y la alegría que puedas.

Debes estar preparado para ese momento. Y lo más importante que hay que entender es el momento orgásmico: en él no hay pensamientos, no hay tiempo, no hay mente, es simplemente conciencia pura. En esa conciencia pura puedes atraer a un Gautama el Buda. Con vuestra forma de hacer el amor es extraño que no atraigáis a más Adolf Hitler, Stalin, Nadirshah, Tamerlan y Gengis Khan. Sólo atraéis a la gente mediocre. Tampoco atraéis a lo más bajo, porque para eso vuestro amor debería ser casi una violación. Para atraer lo más elevado vuestro amor tiene que ser una meditación.

La vida del hijo comienza en el momento en que entra en el vientre de la madre. Si ha llegado a un espacio meditativo, es posible tener un niño y no condicionarle. De hecho, el niño que nace de la meditación no puede estar condicionado; se rebelará contra eso. Sólo se puede condicionar a los mediocres.

Una pareja que es capaz de ser meditativa mientras hace el amor no es una pareja corriente. Serán respetuosos con el niño. El niño es un invitado de lo desconocido, y tienes que ser respetuoso con el invitado. Los padres que no son respetuosos con sus hijos están destinados a destruir sus vidas. Vuestro respeto, vuestro amor, vuestro agradecimiento «porque nos has elegido como padres», será correspondido con un respeto mayor, con más agradecimiento, con más amor.

Cuando amas a una persona, no puedes condicionarla. Cuando amas a una persona le das amor, le das protección. Cuando amas a una persona no quieres que sea una copia de ti mismo, te gustaría que fuese un individuo único. Y para hacerle único tendrás que preparar todas las condiciones, todos los requisitos que estimulan su potencial.

No le cargarás con sabiduría, porque te gustaría que él mismo conociese la verdad. Cualquier verdad prestada es mentira. A menos que la experimentes tú, nunca será la verdad.

Ayudarás al niño a experimentar muchas cosas. No le contarás mentiras, no le dirás que hay un Dios, eso es mentira porque tú no lo has visto. Tus padres te mintieron, y tú, a su vez, estás volviendo a hacerlo con tu hijo. Tus padres te han condicionado, y ¿qué es tu vida? Sufrimiento desde la cuna hasta la tumba. ¿Quieres que la vida de tu hijo también sea sólo sufrimiento, angustia, desesperación?

> El niño es un invitado de lo desconocido y tienes que ser respetuoso con el invitado. Los padres que no son respetuosos con sus hijos están destinados a destruir sus vidas. Vuestro respeto, vuestro amor, vuestro agradecimiento «porque nos has elegido como padres», será correspondido con un respeto mayor, con más agradecimiento, con más amor.

En la Biblia sólo hay una afirmación que no discuto. Esta afirmación dice: «Dios puede perdonarte todo, pero no la desesperación.» El que escribió esto debía de ser una persona de una enorme sabiduría. Dios no puede perdonar nada más que una cosa, y es la desesperación. Pero todo el mundo vive desesperado, con Dios o sin él, la desesperación es una realidad. Esto es autodestrucción. Si amas a tu hijo, le ayudarás a gozar, reír, disfrutar, bailar. Sin embargo, sucede lo contrario.

Durante mi infancia, siempre que llegaba un invitado a casa solían quitarme de en medio mandándome a algún sitio; me decían, por ejemplo, que tenía que ir al médico porque hacía varios días que tenía un catarro. Yo les contestaba:

—No hay nada que hacer. Conozco mi catarro y conozco al médico; yo decidiré cuándo tengo que ir. Ahora no puedo ir, da igual que se trate de un catarro o de un cáncer.

—¿Por qué? —preguntaban ellos.

—Sé que va a venir alguien a casa —les decía—, y tenéis miedo.

—Naturalmente, tenían miedo porque yo les ponía en un compromiso. El huésped podía ser alguna persona importante, y yo podía hacer algo que arruinase toda la amistad que tenían.

Una vez me eché a reír mientras estábamos comiendo. Toda la familia sabía que iba a pasar algo, porque teníamos un invitado. Pero el invitado estaba escandalizado.

—¿De qué te estás riendo? —preguntó.

—La risa no necesita motivos —dije yo—. En realidad, soy yo el que tendría que preguntar: «¿Por qué estáis todos con las caras tan largas?» La risa tiene un valor intrínseco; las caras largas no tienen ningún valor en absoluto. Y desde que has llegado, toda mi familia tiene un aspecto muy triste y serio. No entiendo qué te pasa. ¿Por qué creas esa atmósfera, vayas donde vayas?

De repente, me podía poner a bailar. La conversación entre mis padres y el huésped se interrumpía porque estaba bailando alrededor de ellos. Ellos decían:

—Sal a jugar fuera.

—Yo sé exactamente dónde tengo que bailar —dije yo—, si decidís salir fuera, podéis seguir con vuestra estúpida conversación ¡que no significa nada! ¿Qué sentido tiene ponerse a hablar del tiempo y las estaciones…? No es nada nuevo, incluso yo lo sé.

Cuando la gente conversa por educación nunca menciona temas polémicos porque pueden provocar antagonismos. Sólo se habla de temas que no sean polémicos, el tiempo... Naturalmente, no hay polémica. Si hace frío, hace frío; si hace calor, hace calor.

—Sólo estoy bailando para que os déis cuenta de que estáis perdiendo el tiempo. ¡Es mejor que bailéis conmigo!

Un niño que no está condicionado, en muchas ocasiones, puede poner a los padres en un compromiso. Pero si le quieren estarán dispuestos a hacer cualquier cosa. Aunque les ponga en un compromiso no pasa nada. Su hijo está convirtiéndose en un ser único. Le ayudarán a seguir siendo libre, a seguir estando abierto, a estar abierto al futuro desconocido. Le ayudarán a ser un buscador y no un creyente. No le convertirán en un cristiano ni en un judío, en un hinduista ni un musulmán, porque todas esas religiones han hecho mucho daño; ya es más que suficiente. Es hora de que todas las religiones desaparezcan del planeta. Los niños no condicionados pueden hacer que suceda este milagro porque mañana serán hombres jóvenes, maduros, no serán cristianos, hinduistas o musulmanes. Sólo serán buscadores; su religión será la búsqueda. Ésta es mi definición de *sannyasin*: su religión es buscar, descubrir, investigar. Las creencias acaban con la indagación.

Comparte todas tus experiencias con tu hijo. Hazle que tome conciencia de que fue concebido en un momento orgásmico muy amoroso, de que el amor es un gran regalo de la existencia. Y tienes que hacer que el amor sea el punto central de tu vida, porque sólo por medio del amor puedes superar la naturaleza ciega y entrar en el mundo de la supernaturaleza, donde no existe la ceguera, donde te conviertes en un visionario.

Sí, es posible tener un hijo no condicionado y libre, pero no basta solamente con la biología. Esto es posible si eres tan valiente como para hacer de tu amor un templo, convertir tu amor en tu lugar de meditación. Entonces atraerás un espíritu que ya tenga el potencial de ser único. Y después dale todas las posibilidades para que tenga libertad, aunque vaya en tu contra. La libertad de tu hijo es lo más valioso, porque tu hijo es el futuro de la humanidad.

Tus días han terminado, ¿qué importa que el futuro vaya en tu contra? ¿Qué has ganado del pasado? Estáis vacíos, sois mendigos.

¿Queréis que vuestros hijos también estén vacíos y sean unos mendigos? Esto es lo que intentan hacer todos los padres, reproducir copias, fotocopias. Y recuerda, la existencia sólo acepta los originales. La existencia no acepta copias.

Permite que tu hijo tenga su rostro original.

Quizá te produzca miedo, quizá te preocupe, pero es tu problema. No inhibas al niño de ningún modo. El niño que ha tenido libertad —incluso contra sus propios padres— te respetará siempre, te estará agradecido para siempre. Ahora mismo, es justo el caso contrario: todos los niños están llenos de rabia, ira y odio hacia sus padres, porque lo que les han hecho es imperdonable.

Por tanto, si le das libertad, si permites que el niño sea él mismo, sea lo que sea, y si aceptas su ser natural, lleve a donde lleve, estarás creando un niño que te querrá y te respetará. No sólo habéis sido padres y madres corrientes, sino que habéis sido dadores de vida, libertad, unicidad. Él llevará consigo esa memoria para siempre, y su agradecimiento hacia vosotros le dará la seguridad absoluta de que lo que se ha hecho por él es lo que tendrá que hacer él en las generaciones futuras.

> Tus días han terminado, ¿qué importa que el futuro vaya en tu contra? ¿Qué has ganado del pasado? Estáis vacíos, sois mendigos. ¿Queréis que vuestros hijos también estén vacíos y sean unos mendigos? Esto es lo que intentan hacer todos los padres, reproducir copias, fotocopias. Y recuerda, la existencia sólo acepta los originales.

Si todas las generaciones se comportan con amor y respeto hacia los niños, y les dan libertad para crecer, desaparecerá esa tontería del salto generacional. Si respetas a tus hijos, si eres amigo de tus hijos, no podrá haber ningún salto generacional.

SIEMPRE ES BUENO LLEGAR A UN ENTENDIMIENTO CON LOS PADRES. Es una de las cosas básicas. Gurdjieff solía decir: «A menos que te comuniques con tus padres, nunca te sentirás cómodo.» Estés donde estés, te sentirás culpable. No serás capaz de olvidar y perdonar. Los padres no son sólo una relación social. Has salido de ellos, eres parte de ellos, eres una rama de su árbol. Todavía estás arraigado en ellos.

Cuando mueren tus padres, muere algo que está muy arraigado dentro de ti. Cuando mueren tus padres, por primera vez te sientes solo, desarraigado. Por eso, mientras estén vivos deberías hacer todo lo posible para que pueda haber entendimiento y puedas comunicarte con ellos y ellos contigo. Así se pueden saldar y cerrar todas las cuentas. Cuando dejen el mundo —algún día lo dejarán—, no te sentirás culpable, no te arrepentirás, sabrás que has resuelto las cosas. Tú has sido feliz con ellos, y ellos han sido felices contigo.

La relación amorosa comienza con los padres y acaba con ellos. Se cierra el círculo. Si el círculo está roto en alguna parte, todo tu ser se encontrará incómodo. Uno se siente enormemente feliz cuando puede comunicarse con sus padres. Es una de las cosas más difíciles de hacer porque hay una gran distancia. Los padres nunca creen que eres adulto, por eso nunca se comunican contigo directamente. Simplemente, te dicen: «Haz esto» o «No hagas aquello». Nunca tienen en cuenta tu libertad y tu espíritu, tu ser… no hay ningún respeto. Dan por hecho que les has obedecido.

El niño se siente muy molesto desde el principio, porque siempre que los padres dicen «Haz esto»…, «No hagas lo otro», siente

> Si todas las generaciones se comportan con amor y respeto hacia los niños, y les dan libertad para crecer, desaparecerá esa tontería del salto generacional. Si respetas a tus hijos, si eres amigo de tus hijos, no podrá haber ningún salto generacional.

que le están privando de libertad. Le están reprimiendo. Se resiste, le molesta, y esa resistencia queda marcada como una cicatriz. La diferencia se va haciendo cada vez mayor. Hay que tender un puente. Si puedes tender un puente en tu relación con tu madre, de repente, sentirás que has tendido un puente con toda la Tierra. Estás más arraigado a la Tierra. Si puedes tender un puente en tu relación con tu padre, te sentirás a gusto en el Cielo. Los padres son símbolos, representan la Tierra y el Cielo. El ser humano es como un árbol, necesita ambas cosas, la Tierra y el Cielo.

> La relación amorosa comienza con los padres y acaba con ellos. Se cierra el círculo. Si el círculo está roto en alguna parte, todo tu ser se encontrará incómodo. Uno se siente enormemente feliz cuando puede comunicarse con sus padres. Ésta es una de las cosas más difíciles de hacer porque hay una gran distancia.

AMOR MÁS CONCIENCIA
ES IGUAL A SER

El amor es una necesidad en el crecimiento espiritual. Y es más, el amor funciona como un espejo. Es muy difícil conocerte a ti mismo a menos que te hayas mirado en los ojos de alguien que te quiere. Del mismo modo que tienes que mirarte en un espejo para verte la cara física, para verte la cara espiritual tienes que mirarte en el espejo del amor. El amor es el espejo espiritual. Te alimenta, te integra, te prepara para el viaje interior, te recuerda tu rostro original.

En momentos de amor profundo tienes atisbos de tu rostro original, aunque esos atisbos llegan en forma de reflejo. Del mismo modo que en una noche de Luna llena puedes ver cómo se refleja la luna en el lago, en el lago silencioso, del mismo modo, el amor se comporta como un lago. La Luna que se refleja en el lago es el principio de la búsqueda de la verdadera Luna. Si nunca has visto la

Luna reflejada en el lago, tal vez no busques la verdadera Luna. Volverás una y otra vez al lago para buscar la Luna, porque al principio crees que la verdadera Luna está ahí, en el fondo del lago. Te sumergirás repetidas veces y saldrás con las manos vacías; ahí no vas a encontrar nunca la Luna.

Un día caerás en la cuenta de que quizá esa Luna sólo era un reflejo. Esto es una percepción importante, porque después podrás mirar hacia arriba. Si es un reflejo, ¿dónde está la Luna? Si es un reflejo tendrás que mirar en la dirección contraria. Si el reflejo estaba ahí, en el fondo del lago, la verdadera debe estar en alguna parte encima del lago. Por primera vez, miras hacia arriba y comienza el viaje.

El amor te da atisbos de meditación, reflejos de la Luna en el lago; pero son reflejos, no son verdad. Por eso el amor nunca te podrá satisfacer. En realidad, el amor hará que te sientas cada vez más insatisfecho y disconforme. El amor te hará más consciente de todo lo que es posible, pero no cumple lo prometido. Te frustrarás, y sólo podrás volver a tu propio ser cuando estés profundamente frustrado. Sólo los amantes conocen la felicidad de la meditación. Los que nunca han amado y nunca se han decepcionado con el amor, los que nunca se han sumergido en el lago del amor buscando la Luna y se han sentido decepcionados, nunca mirarán hacia arriba a la verdadera Luna en el Cielo. Nunca se darán cuenta de esto.

La persona que ama, tarde o temprano, inevitablemente se volverá religiosa. Pero la persona que no ama —por ejemplo, el político que no puede querer a nadie, sólo ama el poder— nunca se volverá religiosa. O la persona que está obsesionada con el dinero —sólo ama el dinero, sólo conoce un amor, el amor al dinero— nunca se volverá religiosa. Para ella será muy difícil por muchos motivos. El dinero se puede poseer; puedes tener dinero y poseerlo. Es muy fácil poseer dinero, pero es difícil poseer al amado, de hecho, es imposible. Intentarás poseer, pero ¿cómo puedes poseer a una persona viva? La persona viva se resistirá de todas las formas posibles, luchará hasta el final. Nadie quiere perder su libertad.

El amor no tiene tanto valor como la libertad. El amor tiene mucho valor, pero no más que la libertad. Quieres ser amoroso pero no quieres que el amor te aprisione. De este modo, un día u otro te decepcionarás. Intentas poseer, y cuanto más intentas poseer, más imposible se vuelve el amor y más se aleja de ti. Cuanto menos posees, más cerca te sientes del otro. Si no eres posesivo en absoluto, si hay libertad entre los amantes, habrá mucho amor.

En primer lugar, el esfuerzo por poseer a una persona tiene que fracasar inevitablemente. En esa frustración serás devuelto a ti mismo. En segundo lugar, si has aprendido a no poseer a la otra persona, si has aprendido que la libertad vale más que el amor, es muy superior al amor, entonces, antes o después verás que la libertad te devuelve a ti mismo, la libertad es tu conciencia, tu meditación.

> El amor te hará más consciente de todo lo que es posible, pero no cumple lo prometido. Te frustrarás y sólo podrás volver a tu propio ser cuando estés profundamente frustrado. Sólo los amantes conocen la felicidad de la meditación.

La libertad es otro aspecto de la meditación. O bien comienzas con la libertad y te haces consciente, o bien comienzas con la conciencia y te vuelves libre. Van unidos. El amor es un tipo de esclavitud sutil —van juntos— pero es una experiencia esencial, esencial para la madurez.

En el bonito libro de Margery William, *El conejo de trapo*, hay una hermosa definición de la realidad.

—¿Qué quiere decir verdadero? —preguntó un día el conejo—. ¿Significa tener ese zumbido en tu interior y una llave que sobresale?

—Verdadero no significa cómo estás hecho —dijo el caballo Pellejo—. Es algo que te sucede. Si un niño te quiere durante mucho tiempo, y no te quiere sólo para jugar contigo, sino que te quiere de verdad, entonces te vuelves verdadero.

—Y ¿eso duele? —preguntó el conejo.

—A veces —respondió el caballo Pellejo, ya que siempre decía la verdad—. Cuando eres verdadero no te importa que te hagan daño.

—¿Y sucede de golpe, como cuando te dan cuerda, o poco a poco? —preguntó.

—No, no sucede de golpe —dijo el caballo Pellejo—. Te vas convirtiendo en eso. Se tarda mucho tiempo. Por eso, a menudo no le sucede a los que se rompen fácilmente, a los que tienen los cantos muy afilados, o a los que necesitan muchos cuidados. Generalmente, cuando llegas a ser verdadero, estás despeluchado, se te han despegado los ojos y tus articulaciones están sueltas y maltrechas. Pero todo esto no tiene importancia, porque cuando eres verdadero no puedes ser feo, excepto para los que no entienden nada… Cuando eres verdadero no te puedes volver otra vez irreal. Eso es para siempre.

El amor te vuelve verdadero; de lo contrario, seguirás viviendo en una fantasía, en un sueño insustancial. El amor te da sustancia, el amor te da integridad, el amor te centra. Pero sólo es la mitad del viaje; la otra mitad se tiene que completar con la meditación, la conciencia. Pero el amor te prepara para la otra mitad. El amor es la primera mitad, y la conciencia es la segunda mitad. Entre los dos alcanzas a Dios. Entre el amor y la conciencia, entre las dos orillas discurre el río del ser.

> La libertad es otro aspecto de la meditación. O bien comienzas con la libertad y te haces consciente, o bien comienzas con la conciencia y te vuelves libre. Van unidos. El amor es un tipo de esclavitud sutil —van juntos—, pero es una experiencia esencial, esencial para la madurez.

No evites el amor. Ve a través de él con todas sus penas. Sí, duele, pero si estás enamorado eso no importa. En realidad, esas penas te fortalecen. A veces duele muchísimo, terriblemente, pero esas heridas son necesarias para que estés alerta. El amor prepara el terreno, y en la tierra del amor puede crecer la semilla de la meditación, pero sólo en la tierra del amor.

Así que aquellos que se escapan del mundo por miedo, nunca alcanzarán la meditación. Pueden estar sentados en las cuevas del Himalaya toda su vida, pero no alcanzarán la meditación. No es posible, no se lo han ganado. Primero hay que ganárselo en el mundo; primero hay que preparar el terreno. Y sólo el amor prepara el terreno.

Por eso, siempre insisto en que no renuncies al mundo. Estate dentro de él, acepta el reto, acepta los peligros, su dolor, sus heridas. Ve a través de ellos. No trates de evitarlos, no intentes buscar un atajo, porque no existe. Es una lucha, es arduo, se hace cuesta arriba, pero así es como puedes llegar hasta la cima.

Y la alegría será mucho mayor, mayor que si te dejarán caer a la cima desde un helicóptero, porque de ese modo habrías llegado a la cumbre sin estar maduro y no podrías disfrutarlo. Imagínate la diferencia... Intentas subir al Everest por todos los medios. Es muy peligroso, tienes muchas posibilidades de morirte en el camino, tienes muchas posibilidades de no alcanzar la cima; es arriesgado, es peligroso. La muerte te espera a cada paso, hay muchas trampas y muchas posibilidades de ser derrotado en lugar de salir con éxito. De cien posibilidades sólo tienes una de alcanzarlo. Pero cuanto más te aproximas a la cima, mayor es la alegría que hay en tu corazón. Tu espíritu se eleva. Te lo has ganado, no es gratis. Cuanto más pagas por ello, más lo disfrutarás. Imagínate, te pueden dejar en la cumbre con un helicóptero. Estarás de pie en la cumbre y te sentirás ridículo, estúpido, ¿qué estás haciendo ahí? Dentro de cinco minutos habrás terminado y dirás: «Ya lo he visto. No hay nada más que ver aquí.»

El camino origina la meta. La meta no es estar sentado al final del camino, el camino origina la meta a cada paso. La meta es el camino. El camino y la meta no están separados, no son dos cosas diferentes. El fin y los medios no son dos cosas diferentes. El fin se esparce a lo largo del camino, el fin está contenido dentro de los medios.

Nunca pierdas la oportunidad de vivir, de estar vivo, de ser responsable, de comprometerte, de involucrarte. No seas un cobarde. Haz frente a la vida, sal a su encuentro. Y, entonces, muy lentamente empezará a cristalizarse algo en tu interior.

Sí, lleva tiempo. El caballo Pellejo tenía razón: «Generalmente, cuando llegas a ser verdadero estás despeluchado, se te han despegado los ojos y tus articulaciones están sueltas y maltrechas. Pero todo esto no tiene importancia, porque cuando eres verdadero no puedes ser feo, excepto para los que no entienden nada... Cuando eres verdadero no te puedes volver otra vez irreal. Eso es para siempre.» Es eterno.

Pero hay que ganárselo. Déjame repetirlo una vez más: en la vida no conseguirás nada gratis. Y si lo consigues, no servirá de nada. Tienes que pagar, y cuanto más pagas más conseguirás. Si puedes arriesgar tu vida en el amor, obtendrás grandes logros. El amor te devolverá a ti mismo; te dará atisbos de meditación. Estos primeros atisbos aparecen cuando hay amor. Y después surge un gran deseo de conseguir esos atisbos, pero no sólo como atisbos sino como un estado, de modo que puedas vivir en ese estado para siempre jamás. El amor te da un atisbo de meditación.

La primera experiencia de *samadhi*, de éxtasis, es una experiencia orgásmica amorosa. Eso te dará más sed. Ahora sabes que es posible y no podrás contentarte con lo mundano. Se ha introducido lo sagrado dentro de ti, lo sagrado ha alcanzado tu corazón. Dios ha tocado tu corazón, has sentido ese toque. Ahora te gustaría vivir en ese estado para siempre, te gustaría que ese estado se convirtiera en tu vida. Se convierte en tu vida, y a menos que eso suceda, el ser humano seguirá estando insatisfecho.

El amor, por un lado, te dará mucha alegría, y por otro te dará un deseo de felicidad eterna.

> La primera experiencia de samadhi, de éxtasis, es una experiencia orgásmica amorosa. Eso te dará más sed. Ahora sabes que es posible y no podrás contentarte con lo mundano. Se ha introducido lo sagrado dentro de ti, lo sagrado ha alcanzado tu corazón.

En la encrucijada

❧

CUANDO LA ETERNIDAD SE INTRODUCE EN EL TIEMPO

VIVIMOS dentro del tiempo, el tiempo es horizontal. Va de A a B a C a D; es lineal. La eternidad es vertical. No va de A a B y de B a C. Va de A a más A a todavía más A. Va hacia arriba. Es muy raro el momento en el que la eternidad se introduce en el tiempo, porque sólo sucede cuando la meditación está avanzada, cuando ha alcanzado madurez, cuando ha llegado al fondo de tu ser.

De repente, te das cuenta de que estás en una encrucijada. Hay una línea horizontal, o en otras palabras, mediocre, ordinaria, insignificante y que finalmente conduce a la muerte. La línea horizontal se mueve constantemente hacia la muerte.

Os he contado esta historia que es muy significativa en varios aspectos:

Un gran rey vio una sombra en sus sueños que le asustó incluso mientras soñaba. Le preguntó a la sombra:

—¿Qué quieres?

La sombra contestó:

—No he venido a pedirte nada. Sólo he venido a informarte de que esta noche, en el lugar apropiado, cuando se esté poniendo el Sol exhalarás tu último aliento. Normalmente, no informo a la gente, pero tú eres un gran emperador; sólo lo hago para rendirte homenaje.

El emperador se asustó tanto que se despertó sudando y sin saber qué hacer. Lo único que se le ocurría era llamar a todos los sabios, astrólogos y profetas, y descubrir el significado de ese sueño.

Se cree que el análisis de sueños comenzó con Sigmund Freud, pero no es cierto, ¡comenzó hace mil años con este emperador!

En mitad de la noche, todos los profetas de la capital, los sabios y los que de una forma u otra estaban relacionados con el futuro —los intérpretes de sueños— fueron congregados y les contaron esta historia. La historia era sencilla, pero cada uno había traído sus escrituras y comenzaron a discutir entre ellos: «El significado no puede ser éste» o «No hay duda de que el significado debe ser éste.»

El tiempo iba pasando, y empezó a amanecer. El rey tenía un viejo sirviente al que trataba como si fuera su padre, porque su padre había muerto cuando era muy joven. El hijo era aún muy pequeño cuando su padre se lo dio en custodia a su sirviente diciéndole:

—Ocúpate de que se convierta en mi sucesor y no pierda el reino.

El sirviente se ocupó de eso, pero ahora ya era muy viejo. No le trataba como a un sirviente sino que le respetaba casi como a un padre. Se acercó al emperador y le dijo:

—Tengo que decirte dos cosas. Siempre me has hecho caso. Yo no soy profeta ni soy astrólogo, y no sé de qué se trata todo este alboroto de gente consultando escrituras. Pero hay una cosa clara, en cuanto salga el Sol no nos quedará mucho tiempo hasta el anochecer. Y todas esas personas, a las que llamamos cultas, hace muchos siglos que no llegan a ninguna conclusión. En un día nada más… discutirán, pelearán y destrozarán los argumentos del contrario, pero no tengas esperanzas de que lleguen a ningún consenso, a ninguna conclusión.

»Déjales que discutan. Lo que te sugiero es que teniendo el mejor caballo del mundo como tú tienes —en aquellos tiempos se iba a caballo—, monta tu caballo y huye del palacio tan rápido como puedas. Puedes dar por segura una cosa, que no deberás estar aquí, deberás estar muy lejos.

Aunque parecía algo muy simple, era lógico, racional. El emperador abandonó a todas las personas inteligentes y sabias y las dejó allí discutiendo; ni siquiera se dieron cuenta de que se había marchado. Y, desde luego, su caballo bien valía un imperio. Estaba muy orgulloso de él, no se conocía la existencia de un caballo tan fuerte como el suyo. Entre el caballo y el emperador existía mucho amor, una gran afinidad y una especie de sincronicidad. El emperador le dijo al caballo:

—Parece que llega la hora de mi muerte. Esa sombra era mi muerte. Tienes que alejarme todo lo que puedas de este palacio.

El caballo asintió con la cabeza. Y cumplió su promesa. Al atardecer, cuando se estaba poniendo el Sol, se encontraban a cientos de kilómetros de su reino. Habían entrado camuflados dentro de otro reino. El emperador estaba muy contento. Se bajó y ató el caballo a un árbol; ninguno de los dos había comido nada. De modo que le dijo al caballo:

—Muchas gracias, amigo. Ahora me ocuparé de tu comida y de la mía. Estamos tan lejos que ya no hay peligro. Pero tú has demostrado que las historias que contaban de ti eran ciertas. Al correr parecías casi como una nube, ibas rapidísimo.

Y mientras estaba atando el caballo al árbol, apareció la sombra oscura y le dijo al emperador:

—Tenía miedo de que no lo consiguieras, pero tienes un gran caballo. También le doy las gracias a él, éste es el lugar y éste es el momento. Estaba preocupado, porque estabas muy lejos y ¿cómo iba a conseguir traerte hasta aquí? El caballo ha cumplido su propósito.

Es una historia extraña, pero muestra que siempre que vas horizontalmente, vayas a la velocidad que vayas, acabarás en el cementerio. Lo curioso es que nuestras tumbas se van acercando a nosotros en cada momento; aunque no te muevas, tu tumba se va acercando a ti. La línea horizontal del tiempo es, en otras palabras, la mortalidad del hombre.

Pero si alcanzas el centro de tu ser, los silencios de tu centro más profundo, podrás ver dos caminos: uno horizontal y otro vertical.

Te sorprenderá saber que la cruz de los cristianos no es, en absoluto, cristiana. Es un antiguo símbolo oriental, ario: la esvástica. La esvástica son dos líneas que se cruzan. En India, sin saber por qué, al comienzo del año todos los hombres de negocios estrenan sus nuevos libros con una esvástica. La cruz de los cristianos sólo es una parte de la esvástica. Pero también representa lo mismo: lo vertical y lo horizontal. Las manos de Cristo están en posición horizontal; su cabeza y su ser apuntan en otra dirección.

En un momento de meditación te das cuenta, de repente, de que tu vida discurre en dos direcciones, una horizontal y otra vertical. La vertical consiste en silencio, dicha, éxtasis; la horizontal consiste en manos, trabajo, mundo.

Cuando un ser humano se da cuenta de que él es una encrucijada, no puede dejar de estar interesado o intrigado por la vertical. Ya conoce la horizontal, pero la vertical le abre una puerta a la eternidad donde la muerte no existe, donde uno se convierte en una parte cada vez mayor de la totalidad cósmica, donde uno pierde todas las ataduras, incluso la atadura del cuerpo.

Gautama el Buda solía decir: «El nacimiento es sufrimiento, la vida es sufrimiento, la muerte es sufrimiento.» Lo que quería decir es que estar en la línea horizontal significa ser permanentemente infeliz, sufrir. Tu vida no puede ser una vida llena de baile, de alegría; si esto es todo lo que hay, el suicidio es la única solución. Ésta es la conclusión a la que ha llegado la filosofía contemporánea occidental del existencialismo, la filosofía de Jean-Paul Sartre, Jaspers, Heidegger, Kierkegaard y otros, que la vida no tiene sentido. Y en el plano horizontal es cierto, porque sólo encuentras agonía, sufrimiento, enfermedad, dolencia y vejez. Estás enjaulado en un pequeño cuerpo mientras que tu conciencia es tan grande como todo el universo.

> En un momento de meditación te das cuenta, de repente, de que tu vida discurre en dos direcciones, una horizontal y una vertical. La vertical consiste en silencio, dicha, éxtasis; la horizontal consiste en manos, trabajo, mundo.

Cuando descubres la vertical, empiezas a desplazarte sobre ella. La línea vertical no significa que tengas que renunciar al mundo, pero definitivamente significa que ya no eres *del* mundo, que el mundo se vuelve efímero, pierde importancia. No es que tengas que renunciar al mundo y escaparte a las montañas y los monasterios. Pero quiere decir que empiezas a vivir —dondequiera que estés— una vida interior que no era posible antes.

Antes eras extrovertido, ahora te vuelves introvertido. En lo que se refiere al cuerpo, si todavía recuerdas que no eres el cuerpo, puedes resolverlo fácilmente. El cuerpo se puede usar de muchas maneras que te ayuden a moverte en la línea vertical. Cuando se introduce la línea vertical, es como si entrara un rayo de luz en la oscuridad de tu vida horizontal, es el principio de la iluminación.

> *Cuando descubres la vertical, empiezas a desplazarte sobre ella.*
>
> *La línea vertical no significa que tengas que renunciar al mundo, pero definitivamente significa que ya no eres del mundo, que el mundo se vuelve efímero, pierde importancia.*

Tendrás el mismo aspecto, pero no serás el mismo. Para los que tienen capacidad de ver tampoco seguirás siendo el mismo, y para ti mismo, no tendrás el mismo aspecto ni serás el mismo. Estarás en el mundo pero el mundo no estará en ti. Las ambiciones, los deseos y las envidias empezarán a evaporarse. No necesitas hacer ningún esfuerzo para renunciar a ellas, basta con que te muevas en la línea vertical y empezarán a desaparecer, porque en la línea vertical no pueden existir. Sólo pueden existir en la oscuridad de la horizontal, donde todo el mundo está compitiendo, todo el mundo está lleno de codicia, lleno de deseos de poder, de un gran deseo de dominar, de ser alguien especial.

En la línea vertical desaparecen todas esas estupideces. Te vuelves muy liviano, ligero, como una flor de loto que está en el agua pero no la toca. Permaneces en el mundo pero el mundo ya no te produce ningún impacto. Al contrario, tú empiezas a influenciar al mundo, pero no con un esfuerzo consciente, sino simplemente con tu ser, con tu presencia, con tu gracia, con tu belleza. A medida que crece dentro de ti empieza a esparcirse a tu alrededor.

Le llegará a la gente que tiene un corazón abierto, y la gente que ha vivido con el corazón, las ventanas y todas las puertas cerradas se asustará. No entrarán en contacto con una persona así. Y encontrarán mil y una excusas, mil y una mentiras, para convencerse de por qué no entran en contacto con una persona así. Pero la cuestión fundamental es que tienen miedo de ser descubiertos.

La persona que se mueve verticalmente se convierte casi en un espejo. Si te acercas a ella verás tu verdadero rostro, verás tu fealdad, verás tu continua ambición, verás tu cuenco de mendigo.

Quizá te pueda ayudar esta otra historia.

Un hombre, un mendigo con su cuenco, entró temprano por la mañana en el jardín del rey. El rey solía dar un paseo por las mañanas; de otra forma era imposible encontrarse con él, especialmente para un mendigo, ya que toda la burocracia se lo impedía. De modo que escogió una hora en la que no hubiese que hacer ningún trámite y el rey estuviese solo, en el silencio de la naturaleza, bebiendo toda la belleza y la energía que se desprendía de la naturaleza. El mendigo se encontró con él ahí.

—Éste no es el momento… —dijo el rey—, ahora no recibo a nadie.

—Soy un mendigo —respondió el hombre—. Tus trámites son demasiado complicados para que te pueda ver un mendigo. Insisto en que me concedas audiencia.

El rey sólo pensaba en deshacerse de él.

—¿Qué quieres? —le preguntó—. Pídelo y lo tendrás. No interrumpas mi silencio matinal.

El mendigo dijo:

—Antes de ofrecerme algo, piénsalo dos veces.

—Pareces un hombre extraño —dijo el rey—. En primer lugar, has entrado en el jardín sin pedir permiso, insistiendo en que tengo que concederte audiencia. Y ahora te estoy diciendo que pidas lo que quieras. No alteres mi paz y mi silencio.

El mendigo se rió y dijo:

—Una paz que se puede alterar no es paz. Y un silencio que se puede alterar sólo es un sueño, no es realidad.

El rey miró al mendigo. Estaba diciendo algo de enorme importancia. El rey pensó: «Sin duda, no parece un mendigo corriente.» Y el mendigo dijo otra vez:

—Quiero que medites sobre ello, porque lo que quiero es que llenes mi cuenco con lo que quieras y me marcharé. Pero tiene que estar lleno.

El rey se rió y dijo:

—Estás loco. ¿Crees que tu cuenco no se puede llenar? —Llamó a su tesorero y le dijo—: Llena el cuenco de este mendigo de diamantes y piedras preciosas.

El tesorero no sabía lo que había ocurrido. Nadie llena los cuencos de los mendigos de diamantes. Y el mendigo le recordó al tesorero:

—Recuerda, no me voy a mover de aquí hasta que el cuenco esté lleno. —Era un desafío entre el mendigo y el rey.

Y a continuación sucedió algo muy extraño… A medida que iban echando diamantes al cuenco, iban desapareciendo. El rey se encontraba en un verdadero aprieto, pero dijo:

—Pase lo que pase, aunque tenga que poner todo mi reino, no me daré por vencido por un mendigo. He derrotado a grandes emperadores.

¡Había desaparecido todo el tesoro! Llegó el rumor hasta la capital y miles de personas se congregaron para ver lo que estaba pasando. Nunca habían visto al rey temblando en semejante estado, con una crisis nerviosa.

Finalmente, cuando ya no quedaba nada en la cámara del tesoro y el cuenco del mendigo estaba tan vacío como al principio, el rey se postró a los pies del mendigo y dijo:

—Tienes que perdonarme, no entiendo nada. Nunca he pensado en estas cosas. He hecho todo lo que he podido, pero ahora… Ya no tengo nada más que ofrecerte. Creeré que me has perdonado si me cuentas el secreto de tu cuenco. Es un cuenco extraño, se podía haber llenado con unos pocos diamantes, sin embargo, se ha tragado toda la cámara del tesoro.

El mendigo se rió y dijo:

—No tienes que preocuparte. Esto no es un cuenco de mendigo.

Lo he construido con una calavera que encontré. La calavera no se ha olvidado de su viejo hábito. ¿Has mirado dentro de tu cuenco de mendigo, dentro de tu cabeza? Si le das cualquier cosa, siempre querrá tener más y más. Sólo conoce un lenguaje, el del «más». Pero siempre está vacía, siempre está mendigando.

En la línea horizontal sólo existen los mendigos, porque siempre quieren tener más, y ese más no puede ser satisfecho; no es que no puedas ponerte en la posición que deseas, pero en cuanto lo consigues te das cuenta de que hay posiciones mejores. Durante un momento tienes un atisbo de felicidad, pero al momento siguiente vuelves a tener la misma desesperación y sigues luchando para tener más. No puedes satisfacer la idea de más. Intrínsecamente no se puede satisfacer. Y ésta es la línea horizontal, la línea del más y más.

> No puedes satisfacer la idea de más. Intrínsecamente no se puede satisfacer. Y ésta es la línea horizontal, la línea del más y más.

¿Cómo es la línea vertical? Es la del cada vez menos, hasta el punto de alcanzar el vacío total, hasta el punto de no ser nadie. Sólo una firma, pero no en la arena, sino en el agua; todavía no has terminado de hacerla y ya ha desaparecido. La persona de la línea vertical es el auténtico *sannyasin*, está inmensamente feliz de no ser nadie, inmensamente feliz de la pureza interior de su vacío, porque sólo el vacío puede ser puro; es aquella que está absolutamente satisfecha con su desnudez, porque sólo la nada puede estar en armonía con el universo.

Cuando estás en armonía con el universo, desapareces; en cierto sentido, en el sentido antiguo, ya no existes. Pero por primera vez, eres el universo entero. Incluso las lejanas estrellas están dentro de ti, tu nada puede contenerlas. Las flores, el sol, la luna… y toda la música de la existencia. Ya no eres un ego, tu «yo» ha desaparecido. Pero eso no quiere decir que *tú* hayas desaparecido. Al contrario, cuando tu «yo» desaparece, apareces *tú*.

Estar sin la sensación de «yo», no tener la sensación de ego, no pedir nada más, es un enorme éxtasis. ¿Qué más puedes pedir? Tienes la nada, y en esa nada te has convertido, sin conquistarlo, en todo el universo. Los pájaros ya no están cantando sólo en el exterior. Los ves fuera porque el cuerpo está interponiendo una barrera.

En la línea vertical te vuelves cada vez más conciencia y menos cuerpo. Desaparece toda la identificación con el cuerpo. En la nada, esos pájaros estarán en tu interior; esas flores, esos árboles y esta hermosa mañana estarán en tu interior. En realidad, no existirá el «fuera de». Todo se convierte en tu visión. Y tu vida no puede ser más rica que cuando todo se convierte en tu interior. Si el Sol, la Luna, las estrellas, y toda la infinidad del tiempo y el espacio están en tu interior... ¿qué más puedes pedir?

> Estás sin la sensación de «yo», no tener la sensación de ego, no pedir nada más, es un enorme éxtasis ¿Qué más puedes pedir? Tienes la nada, y en esa nada te has convertido, sin conquistarlo, en todo el universo.

Esto es exactamente el significado de iluminación: convertirse en un ego tan inexistente que toda la existencia oceánica se vuelve parte de ti.

Kabir, un gran místico hindú..., era inculto pero escribió unas declaraciones enormemente reveladoras. Antes de morir, corrigió una de sus revelaciones. Cuando era joven había escrito una hermosa declaración que decía: «Del mismo modo que una gota de rocío va resbalando por la hoja de loto con los primeros rayos del Sol, brillando como una perla, y cae en el océano... —dijo—, eso mismo me ha sucedido a mí.»

Sus palabras decían: «He estado buscando, mi amigo. Pero más que encontrarme, me he perdido en el cosmos. La gota de rocío ha desaparecido en el océano.»

Justo antes de morir, cuando estaba cerrando los ojos, le pidió a su hijo Kamal:

—Por favor, corrige mi declaración.

Kamal dijo:

—Siempre había sospechado que había un error. —Y le mostró su propio texto, donde ya lo había corregido. La corrección, incluso antes de que Kabir se diera cuenta, ya había sido hecha. Por eso Kabir le llamaba Kamal, «Eres un milagro». Kamal significa milagro. Y ese hombre *era* un milagro. Había corregido la frase que Kabir quería corregir:

—Mi amigo, yo me estaba buscando e indagando. Pero en lugar de encontrarme a mí mismo, he encontrado todo el mundo, el universo entero. La gota de rocío no ha desaparecido en el océano, pero el océano ha desaparecido en la gota de rocío.

Y cuando el océano desaparece en la gota de rocío, el rocío simplemente pierde sus límites, nada más.

En la línea vertical te vas volviendo cada vez menos. Y un día, dejas de ser.

Había un maestro zen, Rinzai, que tenía una costumbre muy absurda, pero hermosa. Todas las mañanas, al despertar y antes de abrir los ojos, solía decir:

—Rinzai, ¿sigues estando ahí?

Sus discípulos le decían:

—¿Qué tontería es ésa?

Él contestó:

—Estoy esperando el momento en el que la respuesta sea «No. La existencia existe, pero Rinzai no existe.» —Éste es el estado más elevado que puede alcanzar la conciencia humana. Ésta es la mayor bendición. Y, a menos que se alcance este punto, uno seguirá vagando por los oscuros caminos, ciego, sufriendo, infeliz. Podrá acumular muchos conocimientos, se podrá convertir en un gran erudito, pero eso no le ayudará. Sólo hay una cosa, una cosa muy sencilla, que es la esencia de toda la experiencia religiosa, y esto es la meditación.

Vete hacia dentro. Te costará salirte de tu avalancha de pensamientos, pero tú no eres un pensamiento. Puedes salirte de esta avalancha, puedes interponer una distancia entre tus pensamientos y tú. Y a medida que la distancia se va haciendo mayor, los pensamientos empiezan a caerse como hojas secas, porque quien los nutre eres tú y tu identificación con ellos. Si no los nutres, los pensamientos dejarán de existir. ¿Te has encontrado alguna vez con un pensamiento que vive separado de ti?

Intenta ser indiferente, la palabra de Gautama el Buda es *upeksha*. Siendo indiferente a la mente crearás una distancia, y después llegarás a un punto donde dejarás de alimentar a los pensamientos. Simplemente desaparecerán; son pompas de jabón. En cuanto desaparecen todos los pensamientos, te encuentras en la misma situación, preguntando: «Rinzai, ¿sigues estando ahí?» Y esperas a que llegue ese gran momento, esa grande y rara oportunidad en la que la respuesta sea: «No. ¿Quién es ese tal Rinzai?»

El silencio es meditación, no se trata de un talento. No todo el mundo puede ser un Picasso, un Rabindranath, un Miguel Ángel, todos ellos tienen talento. Pero todo el mundo se puede iluminar porque no se trata de un talento; es tu naturaleza intrínseca, de la cual no eres consciente. Y mientras sigas rodeado de pensamientos seguirás sin ser consciente. La conciencia de tu realidad absoluta sólo aflora cuando no hay nada que lo impida, cuando estás rodeado de la nada.

La línea vertical es rara. Quizá sea la única cosa rara de la existencia, porque te lleva de viaje por la eternidad y la inmortalidad. Las flores que florecen en esos caminos son inconcebibles para la mente, y las experiencias que suceden son inexplicables. Pero de una extraña manera, la misma persona se convierte en la expresión. Sus ojos muestran las profundidades de su corazón, sus gestos muestran la gracia del movimiento vertical. Toda su vida está radiando, pulsando y creando un campo de energía.

Quienes tienen prejuicios, quienes ya están determinados y acabados... me dan pena. Pero quienes están abiertos, no tienen prejuicios y todavía no han acabado empezarán a sentir inmediatamente esa pulsación, esa radiación. Y puede surgir una cierta sincronicidad entre el corazón del hombre vertical y el que aún no es vertical... En el momento que aparece esa sincronicidad, en ese mismo momento tú también empiezas a moverte verticalmente.

Estas palabras sólo son para explicar lo que no se puede explicar con palabras.

LAS LEYES DEL ENVEJECIMIENTO

Todo el mundo envejece. Has empezado a envejecer desde el día en que naciste, cada momento, cada día. La infancia es un cambio constante y la juventud también; la vejez no cambia, ¡pero finaliza! Una característica peculiar de la vejez es que te lleva al descanso eterno. Pero si queréis algunas leyes acerca de la mediana edad... En lo que a mí respecta, nunca he sido un niño, nunca he sido un joven, nunca envejeceré y nunca mori-ré. Sólo conozco una cosa dentro de mí, y es absolutamente inmutable y eterna. Pero sólo por consideración a vosotros...

Hay muchas leyes acerca de la me-diana edad, porque la gente envejece en cualquier parte del mundo. Y hay muchos pensadores que han estado re-flexionando, ¿qué es eso de la vejez?

La primera ley es la Ley perdida de De Never; obviamente se refiere a la vejez, esta ley puede ser la primera y la última: «Nunca especules sobre lo que puedes saber con seguridad.»

Sabes perfectamente que estás ha-ciéndote viejo, no especules sobre ello, pues sólo te hará más infeliz.

> No todo el mundo puede ser un Picasso, un Rabindranath, un Miguel Ángel, todos ellos tienen talento. Pero todo el mundo se puede iluminar porque no se trata de un talento, es tu naturaleza intrínseca, de la cual no eres consciente.

Esta ley es preciosa: «No especules sobre lo que puedes saber con seguridad.» De hecho, en la vida no hay nada seguro excepto la muerte; se puede especular sobre cualquier cosa, menos sobre la muerte. Y la vejez es la puerta hacia la muerte.

«La mediana edad es cuando tus emociones empiezan a conver-tirse en síntomas.»

«Sabes que te estás haciendo viejo cuando una chica te dice no, y lo único que sientes es alivio.»

«La vejez es cuando empiezas a apagar la luz para ahorrar, y no por razones románticas.»

«La vejez es ese período de la vida en el que tu idea de abrirte camino es seguir como estás.»

«La vejez es cuando puedes hacer más que nunca, pero preferirías no hacerlo.»

> ⤙
>
> En la línea horizontal, la vejez está temblando por miedo a la muerte, sólo puede pensar en el cementerio y en la oscuridad que cada vez se vuelve más oscura. Sólo se puede imaginar como un esqueleto. En la línea vertical, la vejez es una celebración, es más hermosa de lo que haya sido nunca ninguna persona.

La vejez es una experiencia misteriosa, pero la mente occidental ha descubierto todas estas leyes. No he podido encontrar a nadie, en toda la literatura oriental, que hable de la vejez de esta manera. Al contrario, la vejez siempre ha sido enormemente elogiada. Si tu vida sólo ha transcurrido en la línea horizontal, entonces solamente envejecerás; pero si tu vida, tu conciencia, ha transcurrido verticalmente, hacia arriba, entonces, habrás alcanzado la belleza y la gloria de la vejez. En Oriente, la vejez es sinónimo de sabiduría.

Éstos son los dos caminos: uno es horizontal, de la infancia a la juventud a la vejez y a la muerte; el otro es vertical, de la infancia a la juventud a la vejez y a la inmortalidad. La diferencia de cualidad entre las dos dimensiones es enorme, incalculable. La persona que solamente se hace joven, después se hace viejo y después muere, habrá permanecido identificada con su cuerpo. No ha llegado a saber nada de su ser, porque el ser nunca nace y nunca muere; siempre es, siempre ha sido y siempre será. Es toda la eternidad.

En la línea vertical el niño se convierte en un joven, pero el joven de la línea vertical será distinto al joven de la línea horizontal.

La infancia es inocente, pero las dos dimensiones parten de ahí. El joven de la línea horizontal sólo es sensualidad, sexualidad y toda clase de estupideces. El joven de la línea vertical es una búsqueda de la verdad, es una búsqueda de la vida; es un deseo de conocerse a uno mismo.

En la línea horizontal, la vejez está temblando por miedo a la muerte, sólo puede pensar en el cementerio y en la oscuridad que cada vez se vuelve más oscura. Sólo se puede imaginar como un esqueleto. En la línea vertical, la vejez es una celebración; es más hermosa de lo que haya sido nunca ninguna persona.

La juventud es un poco tonta, esto es inevitable porque no tiene experiencia. Pero la vejez ha pasado a través de todas las experiencias —buenas y malas, correctas o incorrectas— y ha llegado a un estado donde ya no le afecta nada de lo relativo al cuerpo y la mente. ¡Es una bienvenida! La vejez en la línea vertical es mantener la puerta abierta para que entre el último huésped. No es el final, sino el principio de una verdadera vida, de tu auténtico ser.

Por eso siempre hago una distinción entre envejecer y crecer. Hay muy pocas personas que hayan tenido la suerte de crecer. El resto de la humanidad sólo ha estado envejeciendo, y naturalmente todos se aproximan a la muerte. Tan sólo en la línea vertical no existe la muerte; es el camino hacia la inmortalidad, hacia la divinidad. Y naturalmente cuando envejeces en esa dimensión tendrás gracia y belleza, compasión y amor.

Se ha mencionado una y otra vez… En las escrituras budistas hay una declaración que dice que, a medida que iba envejeciendo, Buda se iba volviendo más hermoso. Esto es lo que llamo un verdadero milagro… y no el caminar sobre el agua, cualquier borracho podría intentarlo. No convertir el agua en vino, cualquier criminal puede hacerlo. Esto es un verdadero milagro: Buda se volvió más hermoso de lo que era en su juventud; se volvió más inocente de lo que era en su infancia; esto es crecer.

A menos que te muevas en la línea vertical, estarás perdiéndote la oportunidad de la vida. Cuando te mueves en la línea vertical, cada día te vas aproximando más a la vida en lugar de alejarte. En-

tonces, tu nacimiento no es el principio de tu muerte, tu nacimiento es el principio de la vida eterna. Simplemente dos líneas diferentes y una diferencia tan grande...

Occidente nunca se había parado a pensar en esto; la línea vertical nunca había sido mencionada, porque la educación no ha tenido
lugar en una atmósfera espiritual, en la cual la verdadera riqueza se
encuentra en tu interior. Aunque piensen en Dios, piensan que está
en el exterior. Gautama el Buda podía negar a Dios —yo niego a
Dios—, no hay absolutamente ningún Dios por la sencilla razón que
queremos que te dirijas hacia dentro. Si existe Dios o algo parecido, tendrás que encontrarlo en tu interior. Tendrás que encontrarlo en tu propia eternidad, en tu propio éxtasis.

Una de las ideas más peligrosas que puede tener la gente es pensar que sólo son una estructura de cuerpo-mente. Esto destruye toda su gracia, toda su belleza; están permanentemente temblando por miedo a la muerte, e intentan alejar la vejez con todos los medios. En Occidente, si le dices a una anciana: «Te conservas muy joven», se pondrá delante del espejo durante horas, aunque sepa que ya no es joven, para comprobar si todavía le queda algo de su juventud. Pero no lo negará, sino que se sentirá inmensamente feliz.

> En Oriente nadie le dice a una anciana: «Te conservas muy joven», sino al contrario, se respeta y se quiere tanto la vejez que si le dijeras a alguien: «Pareces más joven de lo que eres», sería un insulto.

En Oriente nadie le dice a una anciana: «Te conservas muy joven», sino al contrario, se respeta y se quiere tanto la vejez que si le dijeras a alguien: «Pareces más joven de lo que eres», sería como un insulto.

Esto me recuerda un incidente que ocurrió una vez... Estaba quedándome con una familia que tenía predilección por un quiromántico. Me querían mucho y solía ir a su casa tres veces al año, donde me quedaba, por lo menos, tres o cuatro días. Una de estas veces, sin preguntarme nada, planearon que viniese el quiromántico para leerme las palmas de la mano y decir algunas cosas sobre mí. Cuando me enteré, ya estaba todo preparado; el quiromántico estaba sentado en la habitación. De modo que dije:

—De acuerdo, ¡disfrutaremos de esto también!

Le mostré mi mano; se concentró y dijo:

—Debes de tener ochenta años por lo menos.

Una de las hijas, por supuesto, alucinó.

—Eso es ridículo. ¿Qué clase de quiromántico es éste...?

En aquella época yo no tenía más de treinta y cinco años; hasta un ciego podía ver la diferencia entre treinta y cinco y ochenta. Ella estaba muy enfadada y me dijo:

—Es la última vez que llamo a este hombre. ¿Cómo puede adivinar nada?

—Tú no entiendes —le dije—. Te has occidentalizado, te han educado como a una occidental. Has estado estudiando en Occidente y no entiendes de lo que está hablando.

—¿Qué estaba diciendo? Está tan claro que no hace falta entender nada; simplemente estaba mostrando su estupidez. ¿Cómo puede decirle a un hombre de treinta y cinco años que tiene ochenta?

Le conté una historia sobre Ralph Waldo Emerson... Un hombre le preguntó a Emerson:

—¿Cuántos años tienes?

Emerson le contestó:

—Cerca de trescientos sesenta años. —El hombre no daba crédito... ¡y siempre había pensado que Emerson era un hombre sincero! ¿Qué le había ocurrido, habría sido un lapsus? ¿Estaba perdiendo la memoria, o estaba bromeando?

Para aclarar las cosas le dijo:

—No te he entendido. ¿Cuántos años has dicho...?

Emerson dijo:

—Has entendido bien, trescientos sesenta años.

—No me lo creo —dijo el hombre—. No aparentas más de sesenta.

Emerson dijo:

—En cierto sentido, tienes razón: en la vertical tengo trescientos sesenta años, y en la horizontal tengo sesenta.

Quizá fuese el primer occidental en usar esta expresión de horizontal y vertical. Emerson tenía mucho interés por Oriente, y había tenido algunos atisbos que le habían acercado a los profetas de los *Upanishads*.

—En realidad, he vivido sesenta años; tienes razón. Pero he vivido tanto en sesenta años que tú no serías capaz de vivirlo ni siquiera en trescientos sesenta años. He vivido seis veces más.

La línea vertical no cuenta los años, sino las experiencias. En la línea vertical está todo el tesoro de la existencia, no sólo la inmortalidad, no sólo el sentido de divinidad, sino la primera experiencia de amor sin odio, la primera experiencia de compasión, la primera experiencia de meditación, la primera experiencia de la inmensa explosión de la iluminación.

No es casualidad que en Occidente la palabra «iluminación» no tenga el mismo sentido que en Oriente. Dicen que después de la edad de la oscuridad vino la edad de la iluminación. Se refieren a personas como Bertrand Russell, Jean-Paul Sartre, Karl Jaspers, como si fuesen genios iluminados. No comprenden que están haciendo mal uso de la palabra, llenándola de barro. Ni Bertrand Russell, ni Jean-Paul Sartre, ni Karl Jaspers estaban iluminados.

La iluminación no ocurre en la línea horizontal. Jean-Paul Sartre seguía obsesionado con las chicas incluso cuando era un anciano. Bertrand Russell cambió muchas veces de mujer, y vivió durante mucho tiempo en la línea horizontal, casi un siglo. Pero, incluso cuando ya era mayor, sus intereses seguían siendo tan estúpidos como los de la gente joven.

Oriente comprende que la palabra «iluminación» no tiene nada que ver con el genio, no tiene nada que ver con el intelecto, pero tiene que ver con descubrir tu verdadero, auténtico ser. Es descubrir a Dios en tu interior.

No tienes que preocuparte por las leyes. Todas esas leyes están en la línea horizontal. En la línea vertical no hay leyes, sino amor.

Hay una experiencia de crecimiento en la que te vas haciendo cada vez más espiritual y menos físico, más meditativo y menos mental, más divino y menos parte de este mundo material tan superficial en el que estamos tan inmersos.

En la línea vertical empiezas a notar que los deseos desaparecen poco a poco, desaparece la sexualidad, desaparecen las ambiciones, desaparece el deseo de poder... desaparece tu esclavitud en todos los aspectos, religioso, político, nacional. Te conviertes más en un individuo. Y cuando tu individualidad se vuelve clara y luminosa, toda la humanidad se vuelve una a tus ojos; no puedes discriminar.

En la línea vertical hay grandes experiencias; en la línea horizontal sólo hay decadencia. En la línea horizontal el anciano vive en el pasado. Recuerda aquellos hermosos días, las mil y una noches de su juventud. También recuerda los hermosos días cuando no tenía ninguna responsabilidad y era un niño que corría tras las mariposas. En realidad, ha estado corriendo detrás de las mariposas toda su vida, incluso en la vejez.

Esto es lo que sucede en la línea horizontal, a medida que te vas haciendo viejo te encaprichas con los deseos, porque ahora sabes que delante de ti sólo está la muerte. Por eso quieres disfrutar todo lo que puedas, aunque disfrutar se haya vuelto más complicado porque físicamente has perdido la energía. El anciano de la línea horizontal se vuelve mentalmente sexual; está constantemente pensando en el sexo. El anciano no tiene otra cosa que hacer más que pensar, ¿y sobre qué más se puede pensar? Se imagina a mujeres hermosas.

El anciano está pensando en el pasado constantemente, ésta es su característica. El niño piensa en el futuro porque no tiene pasa-

> La palabra «iluminación» no tiene nada que ver con el genio, no tiene nada que ver con el intelecto, pero tiene que ver con descubrir tu verdadero, auténtico ser. Es descubrir a Dios en tu interior.

do; indudablemente, no piensa en el pasado, el ayer no existe para él. Piensa en los días venideros, en la larga vida que tiene por delante. Setenta años son bastantes años... Quiere hacerse mayor rápidamente para poder hacer todo lo que hacen los mayores.

El anciano no tiene futuro, el futuro significa muerte, ni siquiera quiere hablar sobre el futuro. El futuro le hace estremecerse, el futuro significa la tumba; sólo habla del pasado.

Y lo mismo ocurre con los países. Por ejemplo, en países como India nunca se piensa en el futuro. Esto significa que se ha hecho viejo; es algo sintomático. India siempre piensa en el pasado. Sigue representando las vidas de Rama y Sita, la misma historia desde hace siglos... esta obra se representa en todos los pueblos. Sigue pensando en Buda, Mahavira y Adinatha, en el *Rigveda* y los *Upanishads*. Todo forma parte del pasado. Este país sólo está esperando a morir; no tiene futuro.

> El niño piensa en el futuro, en el futuro dorado; el anciano piensa en el pasado dorado. Pero esto sólo sucede en la línea horizontal. En la línea vertical, el pasado es dorado, el presente es dorado y el futuro es dorado; es una vida llena de celebración.

De acuerdo con el concepto hindú —y es el concepto de la vieja mentalidad, de la mente del anciano—, la mejor época fue hace millones de años; recibió el nombre de *satyuga*: la era de la verdad. Después el ser humano empezó a caer. Puedes darte cuenta del paralelismo psicológico; hay cuatro edades: la infancia, la juventud, la madurez y la vejez. El hombre ha concebido cuatro edades para la vida misma, basándose en estas cuatro épocas. La primera época era inocente como un niño, muy equilibrada. Ponen como ejemplo que tiene cuatro patas, igual que una mesa, bien equilibrada. A partir de ahí empieza la decadencia...

En India nunca ha existido la noción de evolución, sino por el contrario, la noción opuesta. Esta palabra ni siquiera se utiliza en

Occidente —probablemente, no la hayáis escuchado nunca—, pero en India piensan en la involución, no en la evolución: «Estamos retrocediendo, estamos cayendo.» En la segunda etapa de la caída se pierde una de las patas; la mesa se convierte en un trípode. Todavía está equilibrada, pero no tanto como con cuatro patas. En la tercera etapa pierde otra pata; ahora se mantiene de pie sobre dos patas, está totalmente desequilibrada. Y ahora estamos en la cuarta etapa: ni siquiera tienes dos patas; te mantienes de pie sobre una pierna; ¿cuánto tiempo podrás aguantar así?

La primera etapa recibe el nombre de *satyuga*, la edad de la verdad. La segunda etapa simplemente recibe un número, *treta*, que quiere decir tercero, porque sólo quedan tres patas. La tercera etapa se llama *dwapara*. *Dwa* es una palabra sánscrita que al pasar por muchos otros idiomas, finalmente se convierte en «dos». Y la cuarta etapa ha recibido el nombre de *kaliyuga*, la era de la oscuridad.

Estamos viviendo en la era de la oscuridad: ésta es la mentalidad del anciano, hacia delante sólo hay oscuridad y nada más. El niño piensa en el futuro, en el futuro dorado; el anciano piensa en el pasado dorado. Pero esto sólo sucede en la línea horizontal. En la línea vertical, el pasado es dorado, el presente es dorado y el futuro es dorado; es una vida llena de celebración.

En vez de preocuparte por las leyes de la ancianidad, piensa en qué línea se desplaza tu tren. Todavía queda tiempo para cambiarse de tren; siempre hay tiempo para cambiarse de tren, porque esa bifurcación se puede tomar en cualquier momento. Puedes cambiar, cambiar de lo horizontal a lo vertical; sólo eso importa.

Síntomas

UN EXTRAÑO EN EL CUARTO DE ESTAR

*Una mujer madura dice que ha notado un cambio de
comportamiento que le molesta: «Me doy cuenta de que,
sin ningún motivo, siento mucha rabia. Se me pasa pronto, pero
antes no era consciente de ello. ¿Tal vez la he tenido siempre…?»*

NO, PERO a partir de cierta edad cambian las polaridades. Es un proceso muy sutil.

Todos los hombres tienen una mujer en su inconsciente, y todas las mujeres tienen un hombre. Conscientemente, eres una mujer, por eso usas tus facultades femeninas, y cuanto más las usas, más se desgastan. Pero el inconsciente no utilizado sigue siendo joven y lozano. Cuando la parte femenina ha sido muy utilizada, poco a poco, se va volviendo más débil, y llega un momento que está tan débil que la parte inconsciente masculina se vuelve más fuerte que la femenina.

Al principio, la parte femenina era la más fuerte, por eso eres una mujer. Por ejemplo, eras mujer en un setenta por ciento, y hombre en un treinta por ciento; el treinta por ciento estaba reprimido, obligado a estar en el inconsciente por el setenta por ciento mujer. El uso continuado de la mujer hace que la parte consciente sea cada vez más débil. Llega un momento en que cae por debajo del treinta por ciento, entonces, de repente, cambia la situación y toma el poder la parte más fuerte. Se vuelve muy fuerte, y te sorprendes porque no sabías que existía. Esto mismo le sucede a los hombres; a medida que se van haciendo mayores los hombres se vuelven más femeninos.

Alrededor de los cuarenta y nueve años, a la edad de la menopausia, comienza a cambiar el equilibrio de las mujeres. Cuando desaparece el período mensual, empieza a cambiar el equilibrio. Antes o después, uno se encuentra con que está apareciendo un ser completamente nuevo… un extraño. Te sorprendes, estás desconcertado porque no sabes cómo vivir con ese extraño. El extraño siempre ha estado ahí, pero estaba en el sótano. Nunca tomó parte en las cuestiones domésticas; nunca ha subido al piso de arriba. Ahora, de repente, sale del sótano; y no sólo eso, ¡sino que se sienta en el cuarto de estar y quiere tomar posesión de todo! Y es poderoso.

Lo único que puedes hacer es aceptarlo, observarlo. No luches con ello, no intentes reprimirlo. No puedes reprimirlo. Cada vez tienes que ser más consciente de ello, y esa conciencia conlleva una actitud completamente nueva. Te darás cuenta de que no eres un hombre ni una mujer. Ser una mujer no era más que otro papel y ahora está supeditado a otro papel, la parte rechazada ha subido a la superficie. La parte conquistada se ha convertido en el conquistador. Pero tú no eres ninguna de las dos cosas, por eso es posible este juego.

> Todo lo que viene se tiene que ir. Todo lo que sube tiene que bajar. Cualquier ola que se forme tendrá que desaparecer, llegará un momento en el que desaparecerá. A los catorce años aparece el sexo, a los cuarenta y nueve, más o menos, desaparece.

Si realmente fueses completamente mujer, las energías masculinas no se apoderarían de ti. Pero no eres mujer ni hombre; hubo un tiempo en que la energía femenina era más poderosa, representaba su papel. Ahora, la otra parte está intentando representar su papel. Todas las mujeres mayores se vuelven más masculinas; ¡por eso son tan peligrosas las suegras! Es un proceso natural, no puedes evitarlo. Sólo tienes que ser consciente de ello. Tienes que observarlo, mantenerte al margen y darte cuenta del juego. Entonces, descubres una tercera entidad que no es ninguna de las dos cosas: sólo eres un ser que atestigua, un espíritu que atestigua.

La masculinidad está en el cuerpo, la feminidad está en el cuerpo; la mente se fija en las sombras, en los reflejos. En el fondo de tu ser, en lo esencial, no eres ninguna de las dos cosas, ni hombre ni mujer. Este hecho debe quedar claro, una vez que lo hayas comprendido te podrás reír de toda esta cuestión. Y una vez que lo hayas comprendido, el poder de la rabia y la dureza desaparecerán. Ya no te volverás nuevamente una mujer, pero tampoco serás un hombre. Serás algo completamente distinto.

Las mujeres mayores se vuelven más masculinas, ¡por eso son tan peligrosas las suegras! Es un proceso natural, no puedes evitarlo. Sólo tienes que ser consciente de ello.

Y esto es lo que somos en realidad. Esto es lo que las religiones entienden por transcender, superar; el ser humano es el único animal capaz de superarse. Ésa es su belleza; puede superar al hombre, a la mujer, este papel, ese otro papel, lo bueno, lo malo, lo moral y lo inmoral. Puede superarlo todo, y llegará un momento en el que será conciencia pura, el observador en la colina. No te preocupes, simplemente, obsérvalo. ¡Sé feliz!

LA MENOPAUSIA. NO ES SÓLO «COSA DE CHICAS»

Un hombre de cuarenta y ocho años dice que tiene un bloqueo sexual; cuando está con una mujer experimenta ese bloqueo como una resistencia a la hora de decir realmente lo que quiere. También se ha dado cuenta de que su sexualidad está declinando.

Ha llegado el momento, ¿no? Alrededor de los cuarenta y nueve años los hombres también tienen una menopausia, no sólo las mujeres. La menopausia del hombre es muy sutil, pero existe, incluso lo demuestran las investigaciones científicas. El tantra conoce este hecho desde hace muchos siglos... porque, básicamente, la química del hombre y la mujer no son *tan* diferentes.

Cuando la mujer alcanza la madurez sexual, alrededor de los doce, trece o catorce años, el hombre también la alcanza. Sería muy injusto que la mujer tuviese la menopausia alrededor de los cuarenta y nueve años y el hombre no; ¡eso simplemente demostraría que Dios también es machista! Es injusto y eso no es posible.

Pero con los hombres hay una diferencia —por eso no se había detectado hasta este momento—; en estos últimos años se ha investigado a fondo y han llegado a la conclusión de que también existe la menopausia masculina. Del mismo modo que la mujer tiene el período cada veintiocho días, el hombre también tiene el período. La mujer entra en un estado depresivo durante tres o cuatro días, en un estado negativo; y el hombre también. Pero como la sangre de la mujer es visible no hay muchas dudas al respecto. La mujer sabe que tiene el período; surge la depresión, la negatividad, y ella se queda muy apagada, deprimida.

La descarga del hombre no es tan visible, pero cada mes se libera cierta energía, durante tres o cuatro días el hombre también es víctima de la depresión, de la negatividad. Si tomas nota de esto durante unos meses, podrás darte cuenta de que te pones negativo exactamente durante tres o cuatro días cada veintiocho días, sin ninguna explicación, sin ningún motivo. Anótalo en un pequeño diario y podrás verlo claro. Hacia los cuarenta y nueve años se acerca la menopausia, pero no hay que preocuparse, es natural. Las energías sexuales

> En el fondo de tu ser, en lo esencial, no eres ninguna de las dos cosas, ni hombre ni mujer. Este hecho debe quedar claro, una vez que lo hayas comprendido te podrás reír de toda esta cuestión. Y una vez que lo hayas comprendido el poder de la rabia y la dureza desaparecerán.

> ≈
>
> Sería muy injusto que la mujer tuviese la menopausia alrededor de los cuarenta y nueve años y el hombre no; ¡eso simplemente demostraría que Dios también es machista! Es injusto y eso no es posible.

declinan, pero al declinar la energía sexual, aumenta la energía espiritual. Si das el paso adecuado, cuando declina la energía sexual puedes conseguir que aumente la energía espiritual, porque se trata de la misma energía moviéndose hacia arriba. Y cuando el interés sexual declina, tienes más posibilidades de que tu energía suba.

No lo tomes de una forma negativa, puede ser una gran bendición, simplemente, acéptalo. Deja que suceda y no pienses en términos de «bloqueos», eso es un error. Si un hombre joven de veinte o veinticinco años siente que su energía sexual está declinando, entonces, hay un bloqueo, hay que hacer algo. Si un hombre de más de cuarenta y nueve años no siente que su energía sexual está declinando, entonces tiene algún problema. Tiene que hacer algo, porque eso significa que no está yendo hacia arriba, está atascado.

En Occidente esto se ha convertido en un problema, porque parece ser que en Occidente el sexo es la única vida. En cuanto la energía sexual empieza a declinar, el hombre siente como si se fuese a morir. En Oriente estamos muy contentos de que decline la energía sexual, nos sentimos enormemente felices, porque hemos acabado con todo ese conflicto y esa pesadilla.

> ≈
>
> Cuando declina la energía sexual puedes conseguir que aumente la energía espiritual, porque se trata de la misma energía moviéndose hacia arriba.

No hay por qué preocuparse, no tienes ningún bloqueo. Dentro de un año todo se irá asentando y subirás a un plano superior: serás capaz de ver la vida con otra luz y otro color. Los hombres ya no serán tan hombres ni las mujeres tan mujeres. En el mundo, en lugar de hombres y mujeres, habrá más seres humanos… es un mundo completamente distinto, un mundo de seres humanos. De hecho, mirar a la mujer como mujer, y al hombre como hombre, no es correcto, pero el sexo crea división. Cuando el sexo deja de ser una fuerza que separa, puedes ver a los seres humanos.

EL VIEJO VERDE

La existencia del viejo verde se debe a una larga historia de represión social. El viejo verde existe por culpa de vuestros santos, vuestros sacerdotes y vuestros puritanos.

Si a la gente le permitieran vivir su vida sexual alegremente, al llegar a los cuarenta y dos años —ten en cuenta que estoy diciendo cuarenta y dos, no ochenta y cuatro—, cuando estuviesen aproximándose a los cuarenta y dos, el sexo dejaría de dominarles. Del mismo modo que aparece el sexo y se convierte en algo muy poderoso cuando tenemos catorce años, a los cuarenta y dos años empieza a desaparecer. Es su curso natural. Y cuando desaparece el sexo, el hombre mayor tiene un amor y una compasión completamente diferentes. En su amor no hay lujuria, no hay deseo; no quiere sacar nada. Su amor tiene pureza, inocencia, su amor es alegría.

El sexo te proporciona placer. Y el sexo sólo te da placer cuando lo practicas, el placer es el resultado final. Si el sexo se vuelve irrelevante…, no lo reprimes, pero lo has experimentado con tanta profundidad que ya no tiene valor para ti… Lo has conocido, y el cono-

> De hecho, mirar a la mujer como mujer y al hombre como hombre, no es correcto, pero el sexo crea división. Cuando el sexo deja de ser una fuerza que separa, puedes ver a los seres humanos.

cimiento siempre conlleva libertad. Has llegado a conocerlo totalmente y, por eso, ya no tiene ningún misterio, ya no queda nada por explorar. A través de ese conocimiento, la energía sexual se transforma en amor, en compasión. El dar surge de la alegría. Entonces, el anciano es el ser más hermoso de la tierra, el ser más limpio.

En ningún idioma existe la expresión «viejo limpio». Nunca la he oído. Pero la expresión «viejo verde» existe en casi todos los idiomas. La razón de esto es que el cuerpo envejece, el cuerpo se agota, el cuerpo quiere librarse de la sexualidad, pero la mente, a causa de los deseos reprimidos, sigue teniendo anhelos. El anciano se encuentra en un verdadero aprieto cuando el cuerpo ya no es capaz, pero la mente le sigue atormentando para hacer algo de lo que el cuerpo no es capaz. Tiene una mirada sexual, lujuriosa; su cuerpo está muerto y apagado, pero su mente le sigue provocando. Empieza a tener una mirada obscena, una cara obscena; empieza a haber algo feo en él.

> Si a la gente le permitieran vivir su vida sexual alegremente, al llegar a los cuarenta y dos años —ten en cuenta que estoy diciendo cuarenta y dos, no ochenta y cuatro—, cuando estuviesen aproximándose a los cuarenta y dos, el sexo dejaría de dominarles.

Esto me recuerda la historia de un hombre que oyó cómo discutían su mujer y su hermana acerca de sus frecuentes viajes de negocios. La hermana insistía en sugerirle a la mujer que debería empezar a preocuparse de que su marido fuese solo, sin ningún acompañante, a esos hoteles de convención tan elegantes, donde había muchas profesionales atractivas y sin compromiso.

—¿Preocuparme? —dijo la mujer—. No sería capaz de engañarme. Es demasiado, fiel, demasiado decente…, demasiado viejo.

Antes o después, el cuerpo envejece; es inevitable que se haga viejo. Pero si no has vivido tus deseos, éstos empezarán a vociferar y no podrás evitar que provoquen algo feo dentro de ti. El anciano se puede convertir en el hombre más hermoso del mundo, porque alcanza a tener la inocencia de un niño, o incluso más que la de un niño..., se convierte en un sabio. Pero si sigue teniendo deseos ocultos, se encontrará en un aprieto.

Un hombre muy mayor fue arrestado cuando intentaba acosar sexualmente a una joven. Al ver en el juicio a un hombre tan mayor, de ochenta y cuatro años, el juez le conmutó la pena de violación, a asalto con arma inofensiva.

Si te estás haciendo viejo, recuerda que la vejez es el punto culminante de la vida. Recuerda que la vejez puede ser la experiencia más bella, porque el niño tiene esperanzas de futuro, vive en el futuro, tiene grandes deseos de hacer esto o aquello. Todos los niños piensan que van a ser alguien especial —Alejandro Magno, Josef Stalin, Mao Zedong—, viven en un mundo de deseos y de futuro. El hombre joven está demasiado poseído por los instintos, todos los instintos están estallando dentro de él. El sexo... las modernas investigaciones dicen que el hombre piensa en el sexo por lo menos una vez cada tres minutos. Las mujeres están un poco mejor, piensan en el sexo cada seis minutos. Hay una gran diferencia, es casi el doble; ¡ésa debe de ser la causa de tantas desavenencias entre maridos y mujeres!

La expresión «viejo verde» existe en casi todos los idiomas. La razón de esto es que el cuerpo envejece, el cuerpo se agota, el cuerpo quiere librarse de la sexualidad, pero la mente, a causa de los deseos reprimidos, sigue teniendo anhelos.

El sexo aparece en la mente una vez cada tres minutos, el hombre joven está poseído por unas fuerzas naturales tan intensas que no puede ignorarlas. También tiene ambición, el tiempo pasa deprisa y tiene que hacer algo, ser alguien. Tiene que llevar a cabo todas las esperanzas y fantasías de la infancia; tiene que darse mucha prisa, tiene que apresurarse.

El anciano sabe que esos deseos eran realmente infantiles. El anciano sabe que los días de juventud y de conflicto ya han pasado. El anciano está en la misma situación que cuando se acaba la tormenta y queda el silencio; ese silencio puede ser de una enorme belleza, profundidad, riqueza. Si el anciano es realmente maduro, que ocurre pocas veces, entonces será hermoso. Pero la gente sólo crece en edad, pero no evoluciona. De ahí el problema.

Debes evolucionar, madurar más, volverte más atento y consciente. La vejez es la última oportunidad que tienes antes de la muerte, prepárate. ¿Cómo te preparas para la muerte? Volviéndote más meditativo.

Si todavía tienes algunos deseos ocultos y el cuerpo está envejeciendo y es incapaz de satisfacerlos, no te preocupes. Medita sobre todos esos deseos, observa, estate atento. Simplemente con estar atento, observando y vigilando, todos esos deseos y la energía contenida en ellos pueden ser transformados. Pero antes de que llegue la muerte, libérate de todos los deseos.

Cuando digo, libérate de todos los deseos, me refiero a los *objetos* de deseo. Entonces, habrá un deseo puro; ese deseo puro es divino, ese deseo puro es Dios. Entonces, habrá creatividad pura sin ningún propósito, sin dirección, sin ningún objetivo; simplemente energía pura, una enorme cantidad de energía que no va a ninguna parte. Esto es la budeidad.

LA AMARGURA

Estamos amargados porque no somos lo que deberíamos ser. Todo el mundo está amargado porque todos sienten que sus vidas no son lo que deberían ser; si esto es lo único que hay, no vale la pena. Debe de haber algo más, y a menos que encontremos ese algo más no podremos desprendernos de nuestra amargura. A consecuencia de esta amargura surge la rabia, la envidia, la violencia, el odio… y cualquier tipo de negatividad. Estamos quejándonos constantemente, pero la verdadera queja se encuentra escondida en el fondo de nuestro ser. Es una queja contra la existencia: «¿Qué estoy haciendo aquí? ¿Por qué estoy aquí? No sucede nada. ¿Por qué me obligan a estar vivo si no sucede nada?» El tiempo pasa y en nuestra vida no hay felicidad. Esto provoca amargura.

No es casualidad que los ancianos estén muy amargados. Es muy difícil vivir con ancianos aunque se trate de tus padres. Es muy difícil por la sencilla razón de que su vida se ha esfumado y están amargados. Para soltar su negatividad saltan por cualquier cosa, tienen catarsis y alucinan por lo que sea. No toleran que los niños sean felices, bailen, canten, griten de alegría; no lo toleran. Es una molestia para ellos porque han desperdiciado su vida. De hecho, cuando dicen: «No me molestes», simplemente están diciendo: «¿Cómo te atreves a ser tan feliz?» Están en contra de los jóvenes, y siempre están pensando que todo lo que hacen los jóvenes está mal.

En realidad, aunque busquen otras excusas, están amargados por eso que llamamos vida. Es muy difícil encontrar a una persona mayor que no esté amargada, eso significa que ha vivido una vida hermosa, que realmente ha crecido. Entonces, los ancianos tienen una enorme belleza que no puede tener ningún joven. Han crecido, han madurado, han dado fruto. Han visto y vivido tantas cosas que le están tremendamente agradecidos a Dios.

Pero es muy difícil encontrar este tipo de ancianos, porque quiere decir que esa persona es un buda, un cristo. Sólo una persona iluminada es capaz de no ser un amargado cuando llega su vejez;

> Has oído decir que los hombres jóvenes se enfadan, pero los jóvenes no pueden enfadarse tanto como los ancianos. Nadie habla de los ancianos enfadados, pero por lo que he podido comprobar, nadie puede enfadarse tanto como los ancianos.

está llegando la muerte, la vida se acaba, ¿qué motivo tiene para ser feliz? Simplemente están enfadados.

Has oído decir que los hombres jóvenes se enfadan, pero los jóvenes no pueden enfadarse tanto como los ancianos. Nadie habla de los ancianos enfadados, pero por lo que he podido comprobar —he observado a los jóvenes y a los ancianos—, nadie puede enfadarse tanto como los ancianos.

La amargura es un estado de ignorancia. Tienes que superarlo, tienes que aprender a tomar conciencia, porque éste es el puente que te permitirá superarlo. Y el mismo intento de superación es una revolución. En cuanto superas todas las quejas, todos los noes, surge un inmenso sí —nada más que sí, sí, sí—, hay una hermosa fragancia. La misma energía que era amarga se convierte en una fragancia.

Transiciones

❧

DEL NO AL SÍ

L A CONCIENCIA conlleva libertad. Libertad no quiere decir sólo libertad de hacer el bien; si ése fuese el significado de libertad, ¿de qué clase de libertad estaríamos hablando? Si sólo eres libre de hacer el bien, no eres libre. La libertad implica las dos alternativas, hacer el bien y hacer el mal. La libertad implica el derecho a decir sí y a decir no.

Es algo muy sutil que debemos entender: nos parece que tenemos mayor libertad al decir no que al decir sí. No estoy filosofando, se trata de un simple hecho que puedes comprobar dentro de ti mismo. Siempre que dices no, te sientes más libre. Siempre que dices sí, no te sientes libre porque eso quiere decir que has obedecido, sí significa rendirse, ¿dónde está la libertad? El no significa que eres obstinado, que te mantienes al margen; el no significa que te estás imponiendo; el no significa que estás dispuesto a luchar. El no te define más claramente que el sí. El sí es vago, es como una nube. No es sólido y concreto como una roca.

Por eso, según los psicólogos el niño empieza a aprender a decir no de una forma asidua entre los siete y los catorce años. Al decir no, está saliendo del vientre psicológico de la madre. El niño seguirá diciendo no aunque no haya necesidad de decir no. Incluso aunque le favorezca decir sí, seguirá diciendo no. Hay muchas cosas en juego; tiene que aprender a decir no cada vez más. Cuando llegue a los catorce años, a la madurez sexual, empezará a decir el no definitivo a su madre, se enamorará de una mujer. Éste es el no definitivo a su madre, le vuelve la espalda. «He acabado contigo —dice—, he escogido a una mujer. Me he vuelto un individuo, independiente por derecho propio. Quiero vivir mi vida, quiero hacer lo que me apetezca.»

Y si los padres insisten: «Córtate el pelo», entonces, llevarás el pelo largo. Si los padres insisten: «Déjate el pelo largo», entonces te cortarás el pelo. Obsérvalo… cuando los hippies sean padres se darán cuenta, sus hijos tendrán el pelo corto porque tendrán que aprender a decir «no».

Si los padres insisten: «La santidad está al lado de la higiene», los niños empezarán a pasarse la vida cubiertos de barro. Estarán sucios, no se bañarán; no se lavarán, no usarán jabón. Y empezarán a encontrar justificaciones de que el jabón es peligroso para la piel, que es antinatural, que los animales no usan jabón. Pueden encontrar todas las justificaciones que quieran pero, en el fondo, esas justificaciones sólo son tapaderas. La realidad es que quieren decir no. Y, por supuesto, para decir no tienes que encontrar algún motivo.

> Tardas un tiempo en crecer, en madurar, en llegar a una madurez tal que puedas decir sí y seguir siendo libre, decir sí y seguir siendo único, decir sí sin convertirte en un esclavo.

Por eso, el no te da sensación de libertad; y no sólo eso, también te da sensación de inteligencia. Para decir sí no necesitas tener inteligencia. Cuando dices sí, nadie te pregunta por qué. Cuando ya has dicho sí, ¿quién se molesta en preguntarte por qué? No necesitas una justificación ni un motivo, ya has dicho sí. Cuando dices no, inevitablemente te preguntarán el porqué. El no agudiza tu inteligencia, te da una definición, un estilo, libertad.

Fíjate en la psicología del no. A los seres humanos les resulta difícil vivir en armonía, eso se debe a la conciencia. La conciencia te da libertad, la libertad te da la capacidad de decir no, y tienes más posibilidades de decir no que de decir sí.

Sin el sí no hay armonía; el sí es armonía. Pero tardas un tiempo en crecer, en madurar, en llegar a una madurez tal que puedas decir sí y seguir siendo libre, decir sí y seguir siendo único, decir sí sin convertirte en un esclavo.

La libertad que te otorga el no es una libertad infantil. Está bien entre los siete y los catorce años. Pero si alguien se queda atrapado durante toda su vida y se convierte en una persona que siempre dice no, habrá dejado de crecer.

El crecimiento absoluto es decir sí con la misma alegría que un niño dice no. Es una segunda infancia. El hombre que puede decir sí con una inmensa libertad y felicidad, sin vacilar, sin comprometerse, sin condiciones, con una alegría simple y pura, con un sí simple y puro, ese hombre es un sabio. Ese hombre vuelve a vivir en armonía, y su armonía tiene una dimensión totalmente distinta a la de los árboles, los animales y los pájaros. Ellos viven en armonía porque *no pueden* decir no, y el sabio vive en armonía porque *no dice* no. Entre los dos, entre los pájaros y los budas, están los seres humanos que no han crecido, inmaduros, infantiles, atrapados en alguna parte, que siguen intentando decir no para tener una cierta sensación de libertad.

> El crecimiento absoluto es decir sí con la misma alegría que un niño dice no. Es una segunda infancia. El hombre que puede decir sí con una inmensa libertad y felicidad, sin vacilar, sin comprometerse, sin condiciones, con una alegría simple y pura, con un sí simple y puro, ese hombre es un sabio.

No estoy diciendo que no aprendas a decir no. Estoy diciendo que aprendas a decir no cuando sea necesario, pero no te quedes atrapado con eso. Poco a poco, verás que del sí surge una mayor libertad, una mayor armonía.

EQUILIBRÁNDOTE Y HALLANDO TU CENTRO

En el fondo de tu ser ya estás equilibrado. Tu centro ya está equilibrado, si no, no existirías. ¿Cómo puedes existir sin tener un centro? La carreta se desplaza porque la rueda gira sobre un centro estático, gira sobre un eje. Si la carreta se mueve es porque existe un eje. Puedes saberlo o puedes no saberlo.

Estás vivo, estás respirando, eres consciente; la vida se mueve de modo que la rueda de la vida debe tener un eje. Quizá no seas consciente de ello, pero está ahí. Sin un centro no existirías.

De modo que la primera cuestión y lo fundamental es no convertirse en algo. Ya eres. Sólo tienes que ir hacia dentro y verlo. No es un descubrimiento, no es una conquista. Ya lo llevabas contigo. Pero te aferras demasiado a la periferia, y estás de espaldas al centro. Te has vuelto demasiado extrovertido, por eso no puedes mirar hacia dentro.

> Ya eres. Sólo tienes que ir hacia dentro y verlo. No es un descubrimiento, no es una conquista. Ya lo llevabas contigo.

Favorece la introspección. La palabra «introspección» es preciosa, significa volver la vista hacia dentro, mirar hacia dentro, ver lo que hay dentro. Los ojos se abren hacia fuera, las manos se extienden hacia fuera, las piernas se alejan de ti. Siéntate en silencio, relaja la periferia, cierra los ojos y vete hacia dentro... sin esfuerzo. Relájate, como si te estuvieras ahogando y no pudieras hacer nada. Seguimos haciendo cosas incluso cuando nos estamos ahogando.

Si permites que suceda, subirá a la superficie. Verás cómo el centro aparece saliendo de entre las nubes.

Hay dos modos de vida: un modo es activo, hacer algo; el otro es receptivo, simplemente recibir. El modo activo es extrovertido. Si quieres tener más dinero no puedes quedarte sentado. Así no lo conseguirás. Tendrás que luchar para conseguirlo, competir, tendrás que usar toda clase de tácticas y medios, legales, ilegales, correctos, incorrectos. No conseguirás dinero estando simplemente sentado. Si quieres volverte poderoso, si quieres convertirte en un político, tendrás que hacer algo para conseguirlo. No va a suceder por su propia cuenta.

Hay un modo activo, el modo activo es el modo extrovertido. Y también hay un modo pasivo: no tienes que hacer nada, sólo permitir que suceda. Nos hemos olvidado de ese lenguaje. Tenemos que volver a aprender ese lenguaje olvidado.

No es necesario establecer un equilibrio, ya está ahí. Nos hemos olvidado de la forma de verlo, nos hemos olvidado de la forma de comprenderlo. Trasládate poco a poco del modo activo al modo pasivo.

No estoy diciendo que abandones el mundo de la acción, eso te haría volver a estar desequilibrado. Ahora mismo estás desequilibrado. En tu vida sólo hay un modo, y es el de la acción, el hacer algo. Hay personas que no conciben el estar sentadas en silencio; es imposible. No pueden permitirse un momento de relajación. Sólo están interesadas en la acción. Si se está haciendo algo, les interesa. Si sólo es una puesta de Sol, ¿qué sentido tiene ponerse a mirarla?

> Hay un modo activo, el modo activo es el modo extrovertido. Y también hay un modo pasivo: no tienes que hacer nada, sólo permitir que suceda. Nos hemos olvidado de ese lenguaje. Tenemos que volver a aprender ese lenguaje olvidado.

Sólo estás interesado en la acción, en los sucesos. Esto se ha vuelto una constante. Debes relajarte un poco: debes irte al otro modo de vida durante algunos momentos, algunas horas, a veces, algunos días, sentarte y permitir que sucedan las cosas. Cuando observas la puesta de Sol no se espera que hagas nada. Simplemente, observas. Cuando observas una flor, ¿qué se supone que tienes que hacer? Simplemente la miras.

En realidad, no haces ningún esfuerzo, ni siquiera cuando estás mirando una flor. Sucede sin esfuerzo. Tus ojos están abiertos, la flor está ahí… hay un momento de profunda comunicación cuando lo observado y el observador desaparecen. Entonces hay belleza, hay bendición. De repente, ya no eres el observador, y la flor no es lo observado, porque para observar sigue habiendo algo de acción. Ahora estás ahí y la flor está ahí, y de alguna forma se superponen vuestros límites. La flor entra dentro de ti, tú entras dentro de la flor, y hay una revelación repentina. Llámalo belleza, llámalo verdad, llámalo Dios.

Hay que permitir esos escasos momentos cada vez más. No puedo decir que haya que provocar esos momentos, no puedo decir que tengas que prepararte para esos momentos, no puedo decir que tengas que hacer algo, porque eso sería usar el lenguaje del modo de acción, y se malinterpretaría. No, solamente puedo decir que cada vez permitas más esos momentos.

A veces, limítate a no hacer nada. Relájate en el césped y mira al Cielo. A veces, cierra los ojos y simplemente mira tu mundo interior, los pensamientos que se mueven, flotan; los deseos que aparecen y se van. Observa el colorido mundo de los sueños que hay en tu interior. Simplemente observa. No digas: «Quiero detener estos pensamientos», porque, de nuevo, habrás entrado en el modo de la acción. No digas: «Estoy meditando, ¡marchaos! Alejaos de mí todos los pensamientos», porque si empiezas a decir esto, habrás empezado a hacer algo. Haz como si no existieras…

En algunos monasterios de Tíbet todavía se sigue usando una de las meditaciones más antiguas. Esa meditación se basa en la verdad que te estoy contando. Te enseñan que, a veces, simplemente puedes desaparecer. Sentado en el jardín, empiezas a sentir que desapareces. Fíjate en el mundo cuando tú has desaparecido, cuando ya no estás allí, cuando te has vuelto totalmente transparente. Intenta no ser durante un solo segundo.

En tu casa haz como si no existieras.

Imagínatelo, un día ya no estarás aquí. Un día habrás desaparecido, estarás muerto; la radio seguirá sonando, tu mujer seguirá haciendo el desayuno, los niños seguirán preparándose para ir al colegio. Imagínatelo: hoy no estás, no existes. Vuélvete un fantasma. Sentado en tu silla, desaparece, simplemente piensa: «Ya no tengo realidad. No existo.» Y fíjate en cómo sigue funcionando la casa. Habrá una paz y un silencio enormes. Todo continuará como está. Todo seguirá estando igual sin ti. No se echará nada en falta. Entonces, ¿qué sentido tiene el estar siempre ocupado, haciendo algo, obsesionado con la acción? ¿Qué sentido tiene? Tú desaparecerás, y todo lo que hayas hecho desaparecerá; es como si hubieses escrito tu nombre en la arena, llegase un viento y lo borrase… se acaba todo. Sé como si no hubieses existido nunca.

Es una hermosa meditación. Puedes intentarlo muchas veces a lo largo de veinticuatro horas. Basta con medio segundo; detente durante medio segundo… no existes… el mundo continúa. Cuanto más consciente te vuelvas del hecho de que el mundo funciona perfectamente sin ti, serás capaz de aprender la otra parte de tu ser que ha sido rechazada durante tanto tiempo, durante tantas vidas; éste es el modo receptivo. Permítelo, conviértete en una puerta. Las cosas siguen sucediendo sin ti.

> Sentado en el jardín, empiezas a sentir que desapareces. Fíjate en el mundo cuando tú has desaparecido, cuando ya no estás allí, cuando te has vuelto totalmente transparente. Intenta no ser durante un solo segundo.

Esto es lo que quería decir Buda cuando dijo: «Conviértete en un tronco a la deriva.» Flota en la corriente como si fueses un tronco, y permite que la corriente te transporte dondequiera que vaya; no hagas ningún esfuerzo. El planteamiento budista pertenece al modo receptivo. Por eso ves a Buda sentado debajo de un árbol. En toda las imágenes Buda aparece sentado, sentado sin hacer nada. Simplemente está sentando, sin hacer nada.

No tenéis ese tipo de imágenes de Jesús. Él sigue en el modo de acción. Ahí es donde el cristianismo ha desaprovechado una gran posibilidad: el cristianismo se volvió activo. El misionero cristiano sirve a los pobres, va al hospital, hace esto y aquello, y todo su esfuerzo consiste en hacer el bien. Sí, de acuerdo, pero sigue estando en el modo de acción, y sólo se puede conocer a Dios en el modo receptivo. De modo que el misionero cristiano podrá ser un buen hombre, un hombre buenísimo, pero no un santo en el sentido oriental.

Actualmente, en Oriente también se adora como si fuese un *mahatma* a la persona que hace cosas, porque Oriente es pobre, está enfermo. Hay miles de leprosos, ciegos, analfabetos; necesitan educación, necesitan medicinas, necesitan asistencia, necesitan mil y una cosas. De repente, la persona activa se ha vuelto importante, por eso Gandhi es un *mahatma*, y la madre Teresa de Calcuta se ha vuelto tan importante. Pero nadie se fija en si han alcanzado el modo receptivo o no.

Si llegase Buda ahora, nadie le prestaría atención, porque no estaría dirigiendo una escuela o un hospital. Se volvería a sentar debajo de un árbol de *bodi*, se sentaría en silencio. No es que no haga nada, su ser crea enormes vibraciones, pero son muy sutiles. Sentado debajo de su árbol transforma el mundo entero, pero para notar esas vibraciones deberás tener sensibilidad, deberás crecer. Reconocer a Buda significa que ya estás en el camino. Reconocer a la madre Teresa es muy fácil, no tiene mucho mérito. Cualquiera puede darse cuenta de que está haciendo un buen trabajo.

> Es una hermosa meditación. Puedes intentarlo muchas veces a lo largo de veinticuatro horas. Basta con medio segundo, detente durante medio segundo... no existes... el mundo continúa. Cuanto más consciente te vuelvas del hecho de que el mundo funciona perfectamente sin ti, serás capaz de aprender la otra parte de tu ser.

Una cosa es hacer una buena obra, y otra cosa completamente distinta es ser bueno. No estoy diciendo que no hagáis buenas obras. Estoy diciendo: dejad que las buenas obras surjan de *ser* buenos.

Primero debes llegar al modo receptivo, primero debes conseguir ser pasivo, primero debes conseguir no ser activo. Y cuando tu ser interno florezca y hayas llegado a conocer el equilibrio interno —que siempre está ahí, el centro siempre está ahí—, cuando hayas reconocido ese centro, de repente, desaparecerá para ti la muerte. De repente, desaparecerán todas las preocupaciones porque ya no eres el cuerpo, ya no eres la mente.

Entonces, surge la compasión, surge el amor, surge la oración. Colmarás al mundo con tus bendiciones. Cuando esto le sucede a alguien, nadie puede saber qué le ocurrirá a esa persona, si se convertirá en un revolucionario como Jesús, y perseguirá a los prestamistas del templo, si irá a ayudar a los pobres, si simplemente seguirá sentado debajo del árbol esparciendo su fragancia, o si se convertirá en una Meera y se pondrá a bailar y a cantar la gloria de Dios. Nadie lo sabe, es impredecible.

> Una cosa es hacer una buena obra, y otra cosa completamente distinta es ser bueno. No estoy diciendo que no hagáis buenas obras. Estoy diciendo: dejad que las buenas obras surjan de *ser* buenos.

Mi labor consiste en hacerte consciente de que no necesitas nada, no necesitas nada más. Ya lo tienes, está dentro de ti. Pero tienes que crear accesos, puertas, formas de descubrirlo. Tienes que desenterrarlo; el tesoro está ahí.

Me gustaría daros una técnica. Es una técnica muy sencilla pero al principio parece difícil. Si lo intentas verás que es sencillo. Si no lo intentas y sólo lo piensas, parecerá muy difícil. La técnica es ésta: haz solamente lo que te gusta. Si no lo disfrutas, no lo hagas. Inténtalo, porque la alegría sólo proviene de tu centro. Si estás haciendo algo y lo disfrutas, empiezas a conectarte con tu centro. Si estás haciendo algo que no disfrutas, estás desconectado de tu centro. La alegría surge del centro, y de ninguna otra parte. Deja que éste sea el criterio, y vuélvete un fanático de esto.

Estás caminando por la carretera; de repente, te das cuenta de que no estás disfrutando del paseo. Detente. Se acabó, no debes hacerlo.

> Haz solamente lo que te gusta. Si no lo disfrutas, no lo hagas. Inténtalo, porque la alegría sólo proviene de tu centro. Si estás haciendo algo y lo disfrutas, empiezas a conectarte con tu centro. Si estás haciendo algo que no disfrutas, estás desconectado de tu centro. La alegría surge del centro, y de ninguna otra parte. Deja que éste sea el criterio, y vuélvete un fanático de esto.

En mis años de universitario solía hacerlo, y la gente creía que estaba loco. De repente, me paraba y me quedaba media hora o una hora en el mismo sitio, hasta que me apeteciera caminar otra vez. Los profesores me tenían tanto miedo que siempre que había exámenes me metían en un coche y me llevaban hasta el vestíbulo. Me dejaban en la puerta y esperaban, ¿habría llegado hasta mi pupitre o no? Si me estaba dando un baño y de repente me daba cuenta de que no lo estaba disfrutando, lo dejaba. ¿Qué sentido tiene si no? Si estaba comiendo y, de repente, me daba cuenta de que no lo disfrutaba, lo dejaba.

Me había apuntado a la clase de matemáticas en la escuela superior. Cuando entré el primer día el profesor estaba presentando la asignatura. En mitad de la clase me levanté e intenté salir.

—¿Adónde vas? —dijo él—. Si te vas sin pedir permiso, no volveré a dejarte entrar.

—No voy a volver —le dije—, no se preocupe. Por eso no le he preguntado nada. Se acabó, ¡no me lo estoy pasando bien! Encontraré alguna otra asignatura que me guste, porque si no lo disfruto no lo voy a hacer. Es una tortura, es violento.

Y, poco a poco, se fue convirtiendo en la clave. De repente, me di cuenta de que siempre que disfrutas algo, estás centrado. El placer es el sonido que indica que estás centrado. Cuando no disfrutas algo, estás fuera de tu centro. Entonces no te esfuerces, no es necesario. Si la gente cree que estás loco, déjales que lo piensen. Al cabo de unos días, te darás cuenta, por tu propia experiencia, de que te estabas ignorando a ti mismo. Estabas haciendo mil y una cosas que nunca disfrutabas, pero seguías haciéndolas porque así es como te han educado. Sólo estabas cumpliendo con tu deber.

La gente ha destruido algo tan hermoso como el amor. Llegas a casa y besas a tu mujer porque es como tiene que ser, es lo que tienes que hacer. Entonces, estás destruyendo algo tan bello como un beso, algo parecido a una flor. Poco a poco, al no disfrutarlo, seguirás besando a tu mujer y te olvidarás de la alegría de besar a otro ser humano. Le das la mano a cualquier persona que te encuentras, es frío, no tiene sentido, no hay ningún mensaje, no es cálido. Son dos manos muertas que se estrechan y dicen hola. Después, poco a poco, empiezas a aprender ese gesto muerto, ese gesto frío. Te congelas, te conviertes en un bloque de hielo. Y luego preguntas: «¿Cómo puedo llegar a mi centro?»

> Siempre que disfrutas algo, estás centrado. El placer es el sonido que indica que estás centrado.

Puedes alcanzar tu centro cuando eres afectuoso, cuando estás fluyendo, cuando te fundes en el amor, en la alegría, en la danza, en el placer. Depende de ti. Sigue haciendo las cosas que realmente te gusta hacer y que disfrutas. Si no lo disfrutas, déjalo. Encuentra otra cosa que te guste. Sin duda encontrarás algo que te guste. Nunca me he topado con alguien que no le guste nada. Habrá personas que no les guste una cosa, ni la otra, ni la otra, pero la vida es amplia. No te compliques, déjate flotar. Permite que circule más energía. Deja que fluya, permite que se encuentre con otras energías a tu alrededor. Pronto te darás cuenta de que el problema no era cómo estar equilibrado, el problema es que te habías olvidado de fluir. En una energía que fluye, de repente, estás equilibrado. A veces, también sucede por accidente, pero la razón es la misma.

A veces, te enamoras de una mujer o de un hombre y, de repente, te sientes equilibrado, te sientes uno por primera vez. Tus ojos tienen un brillo especial, tu cara está radiante, y tu intelecto ya no está gris. Hay algo que empieza a brillar dentro de tu ser; nace una canción, tu caminar tiene ahora una cualidad de danza. Eres un ser totalmente distinto.

> Permite que circule más energía. Deja que fluya, permite que se encuentre con otras energías a tu alrededor. Pronto te darás cuenta de que el problema no era cómo estar equilibrado, el problema es que te habías olvidado de fluir.

Pero estos momentos son escasos porque no aprendemos el secreto. El secreto es que empieces a disfrutar de algo. Ése es el secreto. Un pintor puede pasar hambre, estar pintando y, a pesar de todo, su rostro refleja satisfacción. Un poeta puede ser pobre, pero cuando está cantando su canción es el hombre más rico de la Tierra. No hay nadie más rico que él. ¿Cuál es su secreto? Su secreto es que está disfrutando el momento. Siempre que disfrutas algo, estás en armonía contigo mismo y en armonía con el universo, porque tu centro es el centro de todo.

Deja que esta pequeña noción sea tu atmósfera: haz solamente lo que disfrutes, de lo contrario, déjalo. Estás leyendo un periódico y cuando vas por la mitad te das cuenta de que no lo estás disfrutando; no tienes obligación de hacerlo. ¿Por qué lo estás leyendo? Déjalo ahora mismo. Si estás hablando con alguien y en la mitad te das cuenta de que no lo estás disfrutando, aunque sólo hayas dicho la mitad de la frase, párate ahí mismo. No lo estás disfrutando, no tienes obligación de seguir. Al principio te parecerá un poco extraño. Pero no creo que pase nada. Puedes practicarlo.

Al cabo de unos días habrás tenido muchos contactos con tu

centro, y entonces comprenderás lo
que quiero decir cuando repito una y
otra vez que ya tienes lo que estás buscando. No está en el futuro. No tiene
nada que ver con el futuro. Ya está
aquí y ahora, ya es el caso.

CUANDO LA VIDA Y LA MUERTE
SON UNA

Al lado de mi casa hay un viejo árbol
que está bailando bajo la lluvia, y las
hojas viejas caen con gracia y mucha
belleza. No está bailando bajo la lluvia y
el viento sólo el árbol, sino que las hojas viejas que abandonan el árbol también están bailando; hay celebración.

> Siempre que disfrutas algo, estás en armonía contigo mismo y en armonía con el universo porque tu centro es el centro de todo. Deja que esta pequeña noción sea tu atmósfera: haz solamente lo que disfrutes, de lo contrario, déjalo.

En toda la existencia, nadie padece
la vejez excepto el hombre; de hecho, la existencia no sabe nada
de la vejez. Pero sabe de fructificar y madurar. Sabe que hay una
época para bailar, para vivir tan intensa y totalmente como sea posible, y que hay una época para descansar.

Esas viejas hojas del almendro que está al lado de mi casa no están muriendo; simplemente están descansando, deshaciéndose y
fundiéndose en la misma tierra de la que han surgido. No hay tristeza, no hay llantos, sino una inmensa paz cuando caen para descansar en la eternidad. Quizá vuelvan de nuevo algún otro día, en
algún otro momento, con alguna otra forma, en algún otro árbol.
Volverán a bailar; volverán a cantar; volverán a regocijarse con el
momento.

La existencia sólo conoce un cambio circular que va del nacimiento a la muerte y de la muerte al nacimiento, es un proceso
eterno. Cada nacimiento implica muerte, y cada muerte implica
nacimiento. Cada nacimiento es precedido de una muerte, y a cada

muerte se sucede un nacimiento. De ahí que la existencia no tenga miedo. El miedo no existe más que en la mente del hombre.

Parece ser que el hombre es la única especie enferma del cosmos. ¿Dónde está la enfermedad? En realidad, debería haber sido de otra manera… El hombre debería haber disfrutado más, amado más, vivido más cada momento. Da lo mismo que se trate de la infancia, la juventud o la vejez, que se trate del nacimiento o la muerte. Tú trasciendes todos esos pequeños episodios.

Has tenido miles de nacimientos y miles de muertes. Y los que puedan ver con claridad lo entenderán incluso más a fondo, como si en cada momento estuviese sucediendo. En todo momento, muere algo de ti y nace algo nuevo dentro de ti. La vida y la muerte no están tan separadas, no están separadas por setenta años. La vida y la muerte son como las dos alas de un pájaro, ocurren simultáneamente. La vida no puede existir sin la muerte y la muerte no puede existir sin la vida. Obviamente, no son opuestos, son complementarios. Se necesitan el uno al otro para existir, son interdependientes. Son parte de un todo cósmico.

> La existencia no sabe nada de la vejez. Pero sabe de fructificar y madurar. Sabe que hay una época para bailar, para vivir tan intensa y totalmente como sea posible, y que hay una época para descansar.

Pero, como el hombre es tan inconsciente, como está tan dormido, es incapaz de ver un hecho tan simple y tan obvio. Basta un poco de conciencia, no demasiada, para darte cuenta de que estás cambiando en todo momento. Un cambio significa que algo está muriendo y algo está renaciendo. El nacimiento y la muerte se convierten en una sola cosa; entonces, la infancia y su inocencia son lo mismo que la vejez y su inocencia.

Hay una diferencia pero no hay oposición. La inocencia del niño es muy pobre, porque es casi sinónimo de ignorancia. El anciano que ha madurado con la edad, que ha atravesado todas las experiencias de oscuridad y luz, de amor y odio, de alegría e infelicidad, que ha madurado en la vida a través de las distintas experiencias, ha llegado a un punto donde ya no participa en ninguna experiencia. Cuando llega la tristeza… él observa. Cuando llega la felicidad… él observa. Se ha convertido en el observador de la colina. En los valles oscuros sucede de todo, pero él permanece en la cima soleada de la montaña, simplemente observando en silencio absoluto.

La inocencia de la vejez es rica. Es rica por las experiencias; es rica por las equivocaciones y por los éxitos; es rica por las acciones correctas y por las acciones incorrectas; es rica por todas las equivocaciones y todos los aciertos; es rica multidimensionalmente. Su inocencia no puede ser sinónimo de ignorancia. Su inocencia sólo puede ser sinónimo de sabiduría.

Ambos son inocentes, el niño y el anciano. Pero sus inocencias tienen una cualidad diferente. El niño es inocente porque todavía no ha entrado en la noche oscura del alma; al anciano es inocente… ya ha salido del túnel. Uno está entrando en el túnel y el otro está saliendo de él. Uno va a sufrir mucho y el otro ya ha sufrido bastante. Uno no

> Basta un poco de conciencia, no demasiada, para darte cuenta de que estás cambiando en todo momento. Un cambio significa que algo está muriendo y algo está renaciendo. El nacimiento y la muerte se convierten en una sola cosa; entonces, la infancia y su inocencia son lo mismo que la vejez y su inocencia.

puede evitar el infierno que le espera por delante; el otro ha dejado el infierno atrás.

Sabiéndolo o sin saberlo, el corazón de todo ser humano está temblando: te estás haciendo viejo, y después de la vejez viene el temporal, después de la vejez viene la muerte. Te han hecho tener miedo a la muerte desde hace tantos siglos que esta idea se ha quedado arraigada en el fondo de tu inconsciente; corre por tus venas, ha calado tus huesos hasta la médula. La misma palabra te aterroriza, no sabes qué es la muerte, pero tienes miedo por culpa de miles de años con el condicionamiento de que la muerte es el final de tu vida.

Quiero que seas totalmente consciente de que la muerte no es el final. En la existencia nada comienza y nada termina. Fíjate alrededor... la noche no es el final y la mañana no es el principio. La mañana va hacia la noche y la noche va hacia la mañana. Todo está cambiando hacia formas diferentes.

No hay principio ni final.

¿Por qué debería ser distinto para el hombre? El hombre no es una excepción. El hombre ha creado su propio infierno, su propia paranoia con la idea de que es un ser excepcional, más especial que el resto de los animales, árboles o pájaros. La idea de que somos seres excepcionales ha provocado una fisura entre nosotros y la existencia. Esta fisura es la que provoca todos tus miedos y tu infelicidad, crea una angustia y una aflicción innecesarias. Los que llamáis vuestros líderes, ya sea religiosos, políticos o sociales, han acentuado esta fisura; la han ensanchado. No se ha realizado ni un solo esfuerzo por intentar tender un puente sobre esa fisura, por traer al hombre de nuevo a la tierra, por volver a dejar al hombre con los animales, los pájaros y los árboles, y declarar una unidad absoluta con la existencia.

Ésa es la verdad de nuestro ser, una vez que lo entiendes dejas de estar preocupado por la vejez o por la muerte, porque si te fijas a tu alrededor, estarás completamente complacido al ver que nunca comienza nada, siempre ha estado ahí; que nunca termina nada, siempre estará ahí.

Pero la idea de hacerte viejo te llena de ansiedad. Significa que tus días de vida, de amor, de felicidad han terminado, ahora sólo existirá tu nombre. No irás hacia la tumba alegremente sino arrastrándote. Obviamente, no puedes deleitarte con la idea de que eres una carga para la existencia, esperando en una cola que cada vez se acerca más a la tumba. Es uno de los mayores fracasos de todas las culturas y civilizaciones del mundo, porque no han sabido ofrecer una vida llena de significado, una existencia creativa para los ancianos; no han sido capaces de otorgar una belleza y una gracia sutiles, no sólo a la vejez sino a la muerte misma.

Y el problema se complica aún más, porque cuanto más miedo tienes a la muerte más miedo tendrás también a la vida. Cada momento que vives se aproxima a la muerte… Una persona que tiene miedo a la muerte no puede estar enamorada de la vida, porque la vida, en última instancia, te lleva a las puertas de la muerte. ¿Cómo vas a amar la vida? Las religiones empezaron a renunciar a la vida por este motivo: renuncia a la vida porque es la única manera de renunciar a la muerte. Si no vives la vida, si has terminado con la vida, con el amor, con el baile y con el canto, naturalmente, no tienes por qué tener miedo a la muerte; ya te has muerto.

> Fíjate alrededor… la noche no es el final y la mañana no es el principio. La mañana va hacia la noche y la noche va hacia la mañana. Todo está cambiando hacia formas diferentes.

Hemos llamado santos a estos muertos; los hemos venerado. Los hemos venerado porque sabemos que nos gustaría ser como ellos aunque no tenemos el valor de hacerlo. Al menos podemos venerarles y dejar claras nuestras intenciones: «Si tuviésemos el coraje, si algún día pudiésemos reunir coraje para hacerlo, a nosotros también nos gustaría vivir como vosotros: absolutamente muertos.» El santo no puede morir porque ya está muerto. Ha renunciado a todos los placeres, a todas las alegrías; ha rechazado todo lo que la vida le ofrece. Ha devuelto su entrada a la existencia diciendo: «Ya no formo parte del espectáculo.» Ha cerrado los ojos.

Un supuesto santo me visitó una vez. Le llevé al jardín, estaba lleno de dalias preciosas, y le enseñé todas esas preciosas flores bajo el Sol de la mañana. Me miró con extrañeza, un poco consternado, irritado, y no pudo resistir la tentación de criticarme, diciendo:

—Creía que eras una persona religiosa... y ¿sigues disfrutando de la belleza de las flores? —En cierto sentido tenía razón, si disfrutas de la belleza de las flores no puedes evitar disfrutar de la belleza de los seres humanos. No puedes evitar disfrutar de la belleza de las mujeres; no puedes evitar disfrutar de la belleza de la música y la danza. Si estás interesado en la belleza de las flores, eso indica que todavía estás interesado en la vida, que todavía no has renunciado al amor. Si eres consciente de la belleza, ¿cómo puedes evitar amar?

La belleza provoca amor; el amor confiere belleza.

—Tienes razón en esta cuestión, pero te equivocas en lo segundo —le dije—. ¿Quién te ha dicho que soy una persona religiosa? ¡Todavía no me he muerto! El requisito básico para ser religioso es estar muerto. Si estás vivo, sólo podrás ser un hipócrita, no serás realmente religioso.

Cuando ves un pájaro volando, es imposible no alegrarse de su libertad. Y cuando ves la puesta de Sol con todos los colores propagándose por el horizonte, aunque cierres los ojos, el mismo esfuerzo de cerrar los ojos delatará tu interés. Estás abrumado por su belleza.

El amor es otra forma de decir vida, y el amor no es más que sensibilidad hacia la belleza.

Le dije al supuesto santo:

—Puedo renunciar a la religión, pero no puedo renunciar a la vida, porque la vida me ha sido dada por la propia existencia. Y la religión ha sido creada por el hombre, ha sido fabricada por sacerdotes y políticos, fabricada para privar al hombre de su alegría, para privarle de su dignidad, para privarle de su propia humanidad.

En ese sentido, yo no soy una persona religiosa. Mi definición de persona religiosa es totalmente distinta. Para mí, una persona religiosa es aquella que está totalmente viva, intensamente viva, inflamada de amor, consciente de la enorme belleza que hay a su alrededor, y que tiene el valor de gozar con cada momento de vida y de muerte a la vez. Sólo puede continuar la canción de la persona que es capaz de gozar con la vida y con la muerte. Da lo mismo si está sucediendo la vida o la muerte, su canción no es alterada, su baile no disminuye.

Solamente es religioso un espíritu así de aventurero, un peregrino de la existencia con esta actitud. Pero en el nombre de la religión, el hombre ha recibido sustitutos pobres, falsos, de mentira, insignificantes, juguetes con los que entretenerse. Adorando estatuas, repitiendo mantras creados por el hombre, rindiendo homenaje a quienes han sido cobardes y escapistas, y a quienes no fueron capaces de vivir la vida porque tenían tanto miedo a la muerte y llamando a esas personas santas, la religión ha desviado al hombre de su auténtica religiosidad.

No tienes que preocuparte por la vejez. Y es mucho más hermoso cuando las personas empiezan a pensar en ti como un anciano. Significa que has alcanzado la verdadera transcendencia, que has vivido todo lo que tenías que vivir, ahora eres maduro. No has renunciado a nada, sino que has pasado a través de todas las experiencias. Ahora tienes tanta experiencia que ya no necesitas volver a pasar por todas esas experiencias. Esto es trascender.

Deberías celebrarlo, y me gustaría que todo el mundo entendiera esa celebración que es nuestro derecho natural, aceptando con profunda gratitud la vejez y la consumación final de la vejez, que es la muerte. Si no estás agradecido, si no puedes reírte —si no puedes desaparecer en la eternidad dejando una estela de risa—, no habrás vivido correctamente. Te habrán dominado y dirigido las personas equivocadas. Quizá hayan sido tus

> Para mí, una persona religiosa es aquella que está totalmente viva, intensamente viva, inflamada de amor, consciente de la enorme belleza que hay a su alrededor, y que tiene el valor de gozar con cada momento de vida y de muerte a la vez. Sólo puede continuar la canción de la persona que es capaz de gozar con la vida y con la muerte.

profetas, tus mesías, tus salvadores, quizá hayan sido tus dioses encarnados, pero han sido unos criminales, en el sentido que te han privado de tu vida y han llenado tu corazón de miedo.

Mi labor es llenar tu corazón de risa. Todas las fibras de tu ser deberían bailar en cualquier situación, ya sea de día o de noche, ya estés arriba o estés abajo. Sea cual sea la situación, debería seguir habiendo una corriente de alegría. Ésta es la auténtica religiosidad para mí.

Unos *sutras* para vosotros:

«Un anciano es aquel que duerme con gafas para poder ver mejor a las chicas que aparecen en sus sueños.»

«Un anciano es aquel que se pone a ligar con chicas jóvenes sólo en las fiestas para que su mujer le lleve a casa.»

«Lo bueno de ser anciano es que ya eres demasiado viejo para dar mal ejemplo y puedes empezar a dar buenos consejos.»

«A las mujeres les gustan las cosas sencillas de la vida, por ejemplo, los viejos. Cuando empiezas a gustar a las mujeres ¡significa que estás acabado! Ya no te tienen miedo, eres perfectamente aceptable.»

«Dentro de cualquier anciano hay una persona joven preguntándose qué ha sucedido.»

RETIRARSE DEL JUEGO

Sólo maduras cuando comienza la meditación; hasta ese momento, sigues siendo infantil. Tus juguetes pueden ir cambiando, los niños pequeños juegan con juguetes pequeños, y los niños grandes, mayores, juegan con juguetes grandes, pero no existe una diferencia cualitativa.

Fíjate en esto… a veces lo hará tu hijo. Se pondrá de pie sobre la mesa mientras tú estás sentado en una silla, y dirá: «Mira, papi, soy más alto que tú.» Está de pie en un sitio más alto, sobre la mesa, y dice: «Mira, soy más alto que tú.» Tú te ríes de él. Pero ¿qué estás haciendo? Fíjate en tu forma de andar cuando tienes más dinero. Le estás diciendo a tus vecinos: «¡Mirad! Soy más alto que vosotros.» O si te conviertes en presidente o en primer ministro de un país, observa tu forma de andar, con qué altanería, con cuánto ego. Le estás diciendo a todo el mundo: «Os he ganado a todos. Estoy sentado en la silla más alta.» ¡Todo esto son juegos! Desde tu infancia hasta tu vejez sigues jugando los mismos juegos. Puedes jugar al Monopoly, o puedes jugar al verdadero *monopoly* en el mercado de valores, pero no hay ninguna diferencia, es el mismo juego a mayor escala.

Cuando entiendas que la mente extrovertida es la raíz de tu infantilismo… Los niños quieren alcanzar la Luna, e incluso los grandes científicos intentan alcanzar la Luna; ya la han alcanzado. No hay mucha diferencia.

Buscando fuera puedes alcanzar otras estrellas, pero seguirás siendo infantil. Aunque llegues a la Luna, ¿qué estás haciendo allí? ¡Seguirás siendo igual! Estarás en la Luna con la misma basura en la cabeza, con todo el estiércol de vaca sagrada que llevas en el corazón. ¡No habrá ninguna diferencia! Puedes ser un hombre pobre o puedes ser muy rico; puedes ser absolutamente anónimo o puedes ser famoso en el mundo entero, ¡no hay ninguna diferencia! A menos que la mente dé un cambio y empiece a enfocarse hacia dentro, a menos que la mente alcance una dimensión totalmente nueva y se convierta en meditación…

La mente es una forma de comprender el objeto, la meditación es una forma de comprender el sujeto. La mente se ocupa de los contenidos, la meditación se ocupa del continente: la conciencia. La mente se obsesiona con las nubes y la meditación busca el Cielo. Las nubes vienen y van: el Cielo permanece, se mantiene.

La meditación es la mente volviendo hacia su origen.

La meditación te hace madurar; la meditación te hace adulto. Envejecer no quiere decir crecer, porque veo a personas de ochenta años que siguen jugando a desagradables juegos de poder político, ¡incluso a los ochenta y dos, ochenta y tres y ochenta y cuatro años! Parecen estar en un sueño muy profundo. ¿Cuándo se van a despertar? ¿Cuándo van a empezar a pensar en su mundo interior?

Y la muerte se llevará todo lo que has acumulado: tu poder, tu dinero, tu prestigio. No quedará nada, ni siquiera el rastro. Toda tu vida se anulará. La muerte llegará y destruirá todo lo que has construido; la muerte llegará y demostrará que todos tus palacios no eran más que torres de naipes.

La madurez es saber que dentro de ti hay algo que es inmortal, saber que dentro de ti hay algo que trascenderá la muerte… eso es meditación. La mente conoce el mundo, la meditación conoce a Dios. La mente es una forma de comprender el objeto, la meditación es una forma de comprender el sujeto. La mente se ocupa de los contenidos, la meditación se ocupa del continente: la conciencia. La mente se obsesiona con las nubes y la meditación busca el Cielo. Las nubes vienen y van: el Cielo permanece, se mantiene.

Busca el cielo interno y, si lo encuentras, nunca morirás. El cuerpo morirá, la mente morirá, pero tú nunca morirás. Saberlo es conocer la vida. Lo que llamas vida no es la verdadera vida, porque acabará muriendo. Sólo el meditador sabe qué es la vida porque ha llegado a la fuente en sí de la eternidad.

Enigmas

HOMICIDIO JUSTIFICADO

*Tengo cincuenta años, pero todavía no siento que sea
realmente maduro y adulto. ¿Qué me ocurre?*

PROBABLEMENTE no hayas matado a nadie todavía. Eso es imprescindible, si quieres madurar tienes que volverte un asesino muy hábil. Hasta que no mates a varias personas no serás maduro. Tienes que matar a tus padres, tienes que matar a tus profesores, tienes que matar a tus líderes. Todos ellos están reivindicando algo en tu interior y no te permiten convertirte en un adulto, hacen que sigas siendo infantil. Te vuelven dependiente, no permiten que seas independiente.

Había una vez un monje que iba a separarse de Buda, iba a marcharse lejos para divulgar el mensaje de Buda. Cuando fue a postrarse a sus pies, Buda le bendijo y preguntó a los demás discípulos:

—¿Veis a este bendito monje? Ha matado a su madre, ha matado a su padre, ha matado a sus familiares, ha matado a su rey. —La gente estaba muy sorprendida, no podían creer lo que estaban oyendo.

—¿De qué está hablando Buda?

Uno de los discípulos se armó de valor para preguntarle:

—Señor, ¿qué quieres decir con eso? ¿Quieres decir que ser un asesino es una virtud? ¿Estás diciendo que es un santo?

Buda se rió y dijo:

—Y no sólo eso, se ha matado incluso a sí mismo, se ha suicidado. —Entonces Buda entonó una canción, recitó un *gatha* en el que explicaba lo que quería decir con eso.

Todo el mundo es educado para ser un niño. Es nuestra entrada en el mundo; así es como te han enseñado desde hace años, te han enseñado a seguir siendo un niño. Te daban órdenes para todo y se suponía que debías obedecer. Te has vuelto dependiente, siempre estás buscando figuras paternales, siempre estás buscando alguna autoridad que te diga lo que tienes que hacer o no.

Madurez significa entendimiento para tomar tu propia decisión, entendimiento para poder ser una persona decidida. Madurez es valerse por sí mismo. Pero esto sólo sucede en raras ocasiones, porque los padres, quien más y quien menos, han malcriado a casi todos los niños. Y después está el colegio, la escuela superior y la universidad; todos están dispuestos a malcriarte. Es muy raro que alguien madure.

La sociedad no se contenta con las personas maduras. Las personas maduras son peligrosas porque viven según sus principios. Hacen lo que quieren, sin importarles lo que diga la gente ni la opinión que tengan. No anhelan el respeto de los demás, el prestigio; no les preocupa el honor. Viven su propia vida, a cualquier precio. Están dispuestos a sacrificarlo todo, pero nunca están dispuestos a sacrificar su libertad. La sociedad tiene miedo a este tipo de personas; la sociedad quiere que todo el mundo siga siendo infantil. Todos deberían quedarse en una edad entre los siete y los catorce años, y ahí es donde está todo el mundo.

Durante la Primera Guerra Mundial los psicólogos se dieron cuenta, por primera vez, de un extraño fenómeno. Por primera vez, se investigó a gran escala la edad mental de la población. Y hubo un descubrimiento curioso: las personas que estaban en el ejército tenían una edad mental de doce años. Tu cuerpo puede tener cincuenta años, pero tu mente sigue estando por debajo de los catorce años.

Te reprimen antes de los catorce años porque después es más difícil reprimirte. Si no se ha reprimido a un niño antes de que llegue a los catorce años, entonces ya no habrá posibilidad de reprimir, porque cuando se convierte en un ser sexual se vuelve poderoso. Antes de los catorce es débil, blando, femenino. Antes de los catorce puedes meterle todo lo que quieras en la cabeza, es sugestionable, le puedes hipnotizar. Le puedes decir todo lo que quieras y te hará caso, te creerá.

Después de los catorce años aparece la razón, la duda. Después de los catorce años aparece la sexualidad; con la sexualidad se vuelve independiente. Ahora él mismo puede convertirse en un padre, ella misma puede convertirse en una madre. Por eso, la naturaleza, la biología, hace que una persona se independice de los padres a los catorce años. Esto ya se sabía mucho antes de que apareciesen los psicólogos. Los sacerdotes lo descubrieron muchos años antes; lo han observado desde hace miles de años y han llegado a conocerlo: si quieres reprimir a un niño, si quieres que se vuelva dependiente, hazlo lo antes posible; cuanto antes, mejor. Si puedes hacerlo antes de los siete años el éxito estará más asegurado. Si no logras hacerlo antes de los catorce años, entonces ya no habrá posibilidad de hacerlo.

Por eso se interesan en la educación de los niños todo tipo de personas. Las religiones están interesadas, dicen que los niños deberían recibir educación religiosa. ¿Por qué? Hay que condicionar sus mentes antes de que se vuelvan independientes.

El mayor esfuerzo que tiene que hacer una persona que quiera ser libre, que realmente quiera ser consciente, que realmente se quiera deshipnotizar —que no quiera tener ningún tipo de limitaciones, que quiera fluir en una existencia total—, es renunciar a muchas cosas de su interior. Y cuando digo, o cuando Buda dice, que tienes que matar a tu padre y a tu madre, no es que realmente tengas que matar a tu padre y a tu madre, sino al padre y a la madre que llevas dentro de ti, al concepto.

Mira, observa, y lo descubrirás. Vas a hacer algo y, de repente, oyes la voz de tu madre: «¡No hagas eso!» Puedes observar y oirás su voz, su auténtica voz; es una grabación que está dentro de ti. Si tienes ganas de comer muchos helados, observa. De repente, llegará un momento en el que tu madre hablará desde tu interior: «No comas tanto, ya es suficiente. ¡Para!» Y entonces te empezarás a sentir culpable.

Si vas a hacer el amor con un hombre o una mujer, de repente, aparecen todos los profesores en fila diciendo: «Vas a cometer un crimen, vas a cometer un pecado. ¡Cuidado! Es una trampa. Huye antes de que sea demasiado tarde.» Incluso cuando estás haciendo el amor con tu mujer, aparecen tu padre, tu madre y tus profesores para destruirlo.

Es muy raro encontrar un hombre o una mujer que realmente se enamoren; no pueden hacerlo, porque durante muchos años te han enseñado que el amor está mal. ¿Cómo puedes abandonar esa idea de golpe? A menos que seas capaz de asesinar a todas esas voces…, necesitas tener mucho valor. Tienes que estar dispuesto a abandonar todas las voces paternas, tienes que estar dispuesto a abandonar toda autoridad, tienes que estar dispuesto a aventurarte a lo desconocido sin mapas, por tu cuenta. Tienes que estar dispuesto a arriesgar.

Hay un hombre, Alexander Eliot, que estaba estudiando con un maestro zen. Durante meses estuvo haciendo meditaciones —zazen— y estaba empezando a sumergirse en las aguas profundas de su propio ser. Una noche tuvo un sueño, un sueño muy raro. La gente de zen conoce este sueño, pero para Eliot era extraño; él era occidental, estaba horrorizado. Cuenta su sueño…

—Recientemente, tuve un sueño en el que apareció Bodhidharma. Era una masa flotante de hombre, redonda, fantasmal, con los ojos saltones y la frente abultada.

Bodhidharma es un hombre peligroso, igual que yo. Y la gente de zen, con mucho cariño, dibujó su cara con una expresión muy peligrosa. Realmente no era así, físicamente no era así. Físicamente era uno de los hombres más hermosos que haya existido jamás, pero si te encuentras con un dibujo de Bodhidharma te dará miedo. Cuando le miras a los ojos parece un asesino, parece que te va a matar. Eso es lo que hace un maestro. Alexander Eliot se asustó muchísimo incluso en el sueño, y empezó a temblar.

¿Estaba sonriendo o haciendo una mueca? Sus bigotes hirsutos y erizados no permitían distinguirlo.

—Pareces un hombre adulto —susurró a través de su barba—, sin embargo, todavía no has matado a nadie. ¿Por qué?

En el sueño Bodhidharma le pregunta:

—No has matado a nadie aunque pareces un hombre adulto. ¿Por qué?

Eliot estaba tan horrorizado que se despertó y se encontró transpirando y temblando.

—¿Qué quiere decir este extraño personaje cuando pregunta «todavía no has matado a nadie»?

Esto es lo que quiero decir cuando afirmo que si sientes que todavía no eres adulto, esto simplemente demuestra que todavía no has matado a nadie. Cincuenta años ya son demasiados, no pierdas más el tiempo. Mata inmediatamente todos los recuerdos que guardas dentro de ti. Limpia tu interior de todas las grabaciones viejas, rebobina tu mente.

> Empieza a vivir tu vida desde este momento como si no supieses nada, como si nadie te hubiese enseñado nada, nuevo, limpio, desde el principio, y verás que la madurez llegará rápidamente.

Empieza a vivir tu vida desde este momento, como si no supieses nada, como si nadie te hubiese enseñado nada, nuevo, limpio, desde el principio, y verás que la madurez llegará rápidamente. Sin la madurez, la vida no vale nada, porque todo lo bello sucede solamente dentro de una mente madura, todo lo que tiene valor sólo sucede en una mente madura. Es una bendición ser adulto. Pero la gente sólo envejece, nunca madura. Van creciendo en edad y disminuyendo en conciencia. Su conciencia sigue estando en estado fetal; todavía no ha salido del vientre, todavía no ha nacido. Sólo ha nacido tu cuerpo, tú todavía no has nacido.

Toma las riendas de tu vida, es *tu* vida. No estás aquí para colmar las expectativas de nadie. No vivas la vida de tu madre y no vivas la vida de tu padre, vive tu vida.

LA VIDA SIN UNA ACTITUD

Un día haces énfasis en ser maduro, y al día siguiente dices: «Sé como un niño.» Si adopto una actitud de madurez, siento que estoy reprimiendo y ahogando la expresión de mi niño. Si permito que mi niño baile y cante, aparecen actitudes infantiles. ¿Qué debo hacer?

Ser maduro no quiere decir adoptar una actitud de madurez. En realidad, el adoptar una actitud de madurez se va a convertir en uno de los mayores obstáculos para alcanzar la madurez. «Adoptar» significa que hay algo impuesto, adoptar significa que se está practicando algo, ejercitando algo. No es algo que surja de ti. Es una máscara, una cara pintada; no es tu verdadero ser. Eso es lo que hace todo el mundo. Por eso, en este mundo las personas aparentan ser maduras, pero no lo son, son absolutamente inmaduros; en el fondo, han adoptado una actitud y siguen siendo infantiles. Su madurez está a flor de piel, es superficial.

Si rascas a cualquier persona un poco verás cómo aflora el infantilismo. Y no me refiero sólo a las personas corrientes; rasca a tus santos y verás que aflora la inmadurez, o rasca a tus políticos y tus líderes. Fíjate en cualquier parlamento del mundo, nunca verás a tanta gente infantil e inmadura junta.

El hombre se ha estado engañando a sí mismo y a los demás. Si «adoptas» serás falso, fingirás. No os he dicho que adoptéis nada. ¡Sed! La adopción es un obstáculo para ser. La única forma de ser es comenzar desde el principio. Estás atascado en alguna parte porque tus padres no te dieron libertad cuando eras pequeño. La edad mental de las personas que se dicen normales está entre los diez y los trece años, ¡ni siquiera llegan a los catorce años! Y puedes tener setenta u ochenta años, pero tu edad mental sigue siendo la que tenías antes de llegar a la madurez sexual. Cuando una persona alcanza la madurez sexual, a los trece o catorce años, queda sellada para siempre. Se va volviendo cada vez más falsa. Hay que proteger una falsedad con otra falsedad , tienes que tapar una mentira con otra mentira, y eso no tiene fin. Te conviertes en un montón de basura; esto es la personalidad. Tienes que renunciar a la personalidad, sólo entonces aflorará la individualidad. No son la misma cosa. La personalidad sólo es un escaparate, algo para exhibir, no es la realidad.

La individualidad es tu realidad, no es algo que se exhibe en un escaparate. Puedes rascar todo lo que quieras pero siempre encontrarás el mismo sabor. Se dice que Buda declaró: «Puedes probarme por cualquier lado, pero siempre encontrarás el mismo sabor, del mismo modo que, pruebes por donde pruebes el océano, siempre lo encontrarás salado.» La individualidad es una unidad, es orgánica. La personalidad es esquizofrénica: el centro es una cosa, y la circunferencia es otra cosa distinta; nunca se encuentran. No sólo no se encuentran, no sólo son diferentes, sino que son diametralmente opuestas, están en lucha constante.

Lo primero que hay que entender es que no debes adoptar nunca una actitud de madurez. Sé maduro o sé inmaduro. Si eres inmaduro, sé inmaduro; siendo inmaduro estás permitiendo que haya crecimiento. Deja que haya inmadurez, no seas falso, no seas mentiroso. Si eres infantil, eres infantil, ¿y qué? Sé infantil. Acéptalo, permítelo. No provoques una división en tu ser, si no, estarás creando el principio de la locura. Sé tú mismo, nada más.

> La individualidad es una unidad, es orgánica. La personalidad es esquizofrénica: el centro es una cosa, y la circunferencia es otra cosa distinta; nunca se encuentran. No sólo no se encuentran, no sólo son diferentes, sino que son diametralmente opuestas, están en lucha constante.

No hay nada malo en ser infantil. Te han enseñado que ser infantil es malo, por eso has empezado a adoptar actitudes. Desde tu infancia has estado intentando ser maduro, y ¿cómo puede ser maduro un niño? Un niño es un niño, tiene que ser infantil.

Pero no se lo permiten, por eso los niños se vuelven pequeños diplomáticos; empiezan a fingir y a comportarse de una forma falsa, empiezan a ser una mentira desde el principio, y la mentira va haciéndose más grande. Llega un día que inicias la búsqueda de la verdad; entonces tienes que volcarte en las escrituras, pero las escrituras no contienen ninguna verdad. La verdad se encuentra dentro de tu ser, ésa es la verdadera escritura. Los Vedas, el Corán y la Biblia, ¡están dentro de tu conciencia! Tienes todo lo que necesitas, es un regalo de Dios. Todo el mundo nace con la verdad dentro de su ser, la vida *es* verdad. Pero empezaste por aprender mentiras.

> ᔕ
>
> Deja que haya inmadurez, no seas falso, no seas mentiroso. Si eres infantil, eres infantil, ¿y qué? Sé infantil. Acéptalo, permítelo. No provoques una división en tu ser, si no, estarás creando el principio de la locura. Sé tú mismo, nada más.

Olvídate de todas las mentiras. Sé valiente; por supuesto, sentirás mucho miedo, porque cuando abandonas la personalidad aflora el infantilismo que ha sido reprimido. Y sentirás miedo: «¡Cómo! ¿Voy a ser infantil a estas alturas? Cuando todo el mundo sabe que soy un gran profesor —o un médico, o un ingeniero— y tengo un doctorado, ¿cómo voy a comportarme de un modo infantil?.» Surge el miedo, el miedo a la opinión pública, al qué pensará la gente.

Ese mismo miedo te ha destruido desde el principio. Ese mismo miedo ha sido el veneno: «¿Qué pensará mi madre? ¿Qué pensará mi padre? ¿Qué pensará la gente, los profesores y la sociedad?» Y el niño se empieza a volver astuto, no muestra su corazón. Sabe que no le van a aceptar, de modo que se inventa una máscara, un camuflaje. Refleja lo que la gente quiere ver. Esto es diplomacia, esto es ser político, ¡esto es veneno!

Todo el mundo es político. Sonríes porque te interesa, lloras porque se supone que debes llorar. Puedes decir algo que haga las cosas más fáciles. Puedes decirle a tu mujer «te quiero» porque eso la mantiene callada. Puedes decirle a tu marido «sin ti me moriría, eres lo único que tengo en el mundo, eres mi vida», porque espera que se lo digas, no porque lo sientas. Si lo sientes es bello, es una verdadera rosa. Si sólo estás fingiendo, si estás adulando su ego masculino, camelándole porque, gracias a él, puedes conseguir determinadas cosas, entonces se trata de una flor artificial, una flor de plástico.

Y el problema es que todo ese plástico te está oprimiendo. El problema no es el mundo. Los personas supuestamente religiosas no hacen más que decir: «Renuncia al mundo.» Yo te digo que el mundo no es el problema en absoluto. Renuncia a la falsedad: *ése* es el problema. Renuncia a lo artificial: *ése* es el problema. No es necesario renunciar a tu familia, pero renuncia a la familia ficticia que has creado.

Sé verdadero, auténtico. A veces, será muy doloroso ser verdadero y auténtico, no te lo regalan. Ser falso y no ser auténtico es fácil, es útil, es cómodo. Es un truco, una estrategia para protegerte, es una armadura. Pero, entonces, te perderás la verdad que llevas dentro de tu espíritu. Entonces, nunca sabrás lo que es Dios, porque sólo puedes conocer a Dios dentro de ti mismo. Primero dentro, y después, fuera, porque es lo que tienes más cerca de ti, tu propio ser. Si no ves a Dios ahí, ¿cómo puedes ver a Dios en Krishna, Cristo o Buda? Es absurdo. No puedes ver a Dios en Cristo si no puedes ver a Dios dentro de ti mismo. ¿Y cómo puedes ver a Dios dentro de ti mismo si estás inventando mentiras acerca de ti mismo constantemente? Las mentiras son tan grandes que casi has olvidado cómo es tu ser. Estás perdido en una selva de mentiras.

Friedrich Nietzsche dijo que el hombre no puede vivir sin mentiras; y tiene razón en lo que respecta al noventa y nueve por ciento de las personas. ¿Por qué no puede vivir el hombre sin mentiras?

> Ser falso y no ser auténtico es fácil, es útil, es cómodo. Es un truco, una estrategia para protegerte, es una armadura. Pero, entonces, te perderás la verdad que llevas dentro de tu espíritu.

Porque las mentiras actúan como protección, absorben los golpes. Las mentiras actúan como un lubricante; no vas chocando con la gente. Sonríes y el otro sonríe, es un lubricante. Por dentro puedes sentir rabia, puedes estar furioso, pero le sigues diciendo a tu mujer: «Te quiero.» Expresar esa rabia te ocasionará complicaciones.

Recuerda, hasta que no expreses tu rabia, nunca podrás expresar tu amor. La persona que no puede enfadarse, tampoco puede ser cariñosa, porque tiene que reprimir tanto su rabia que es incapaz de expresar ninguna otra cosa; todas las cosas están unidas dentro de tu ser, no están separadas. No hay compartimentos herméticos que separen la rabia del amor; están juntos, mezclados unos con otros. Es la misma energía. Si reprimes la rabia también tendrás que reprimir el amor. Si expresas amor te sorprenderás..., dentro de ti aflorará la rabia. O lo reprimes todo, o tendrás que expresarlo todo. Tienes que comprender la aritmética de tu unidad orgánica interna. O bien sé expresivo, o bien represivo. La elección no es que puedas reprimir la rabia y expresar el amor; entonces, tu amor será falso porque no tendrá energía, no tendrá una cualidad de calor. Sólo será una costumbre, un fenómeno atenuado, y siempre tendrás miedo de profundizar en él.

Los seres humanos fingen amar porque se supone que tienen que amar. Aman a sus hijos, aman a sus mujeres o maridos, sus esposas, sus amigos, porque se supone que tienen que hacer determinadas cosas. Llevan a cabo esas cosas como si se tratase de un deber. No hay celebración. Llegas a casa y le das una palmadita en la cabeza a tu hijo porque es lo que se espera que hagas, porque es lo que debes hacer, pero no hay ninguna alegría en ello, es un gesto frío, muerto. Y el niño no será capaz de perdonarte jamás, porque esa palmadita fría en la cabeza es horrible. El niño se siente avergonzado, tú te sientes avergonzado.

Haces el amor con tu mujer pero no vas a fondo. Te puede llevar muy lejos, puede llevarte hasta la dicha absoluta, puedes disolverte. Pero si nunca has permitido que aflore tu rabia, y si nunca te has disuelto en tu rabia, ¿cómo vas a permitir que te disuelva el amor? Esto es algo que ha sucedido muchas veces, te sorprenderás: un amante mata a su mujer porque permitió su amor y, de repente, apareció la rabia. Es un hecho sabido que el amante a menudo simplemente mata a la mujer, la ahoga; y no se trata de un asesino, la sociedad es la responsable. Él sólo fue demasiado osado y fue demasiado a fondo en el amor. Cuando vas muy a fondo te vuelves un salvaje, porque sólo eres civilizado en la superficie. Cuando surge la rabia, aflora todo lo que está escondido dentro de ti y te vuelves casi un loco.

Para evitar esa locura haces el amor de una forma superficial. Nunca es un fenómeno extraordinario. Sí, la gente tiene razón cuando dice que es igual que un estornudo: relaja las tensiones, te alivia de una cierta energía que te estaba cargando. Pero ésa no es la verdadera imagen del amor. El amor tiene que ser éxtasis, no debe ser como un estornudo, no debe ser una descarga sino una realización, una liberación. A menos que conozcas el amor como liberación, como éxtasis, como *samadhi*, no habrás conocido el amor. Pero eso sólo es posible si no eres falso, si has sido auténtico en todo, si has permitido la rabia, si has permitido la risa, si has permitido las lágrimas, si has permitido todo. Si nunca has sido una fuerza preventiva, si nunca has impedido nada, si nunca has estado controlando, si has vivido una vida sin control.

Y ten en cuenta que cuando digo sin control no quiero decir una vida licenciosa. La vida sin control puede tener mucha disciplina, pero la disciplina no viene impuesta por el exterior. No es una actitud adoptada. La disciplina surge de tus propias experiencias internas. Surge del encuentro con todas las posibilidades de tu ser. Surge de experimentar todos los aspectos, surge de explorar todas las dimensiones. Surge del entendimiento. Has estado enfadado y has entendido algo..., ese entendimiento conlleva disciplina. No se trata de control. El control es horrible, la disciplina es bella.

La palabra «disciplina» significa básicamente capacidad de aprender, de ahí la palabra «discípulo». No significa control, significa capacidad de aprender. Un hombre disciplinado es aquel que va aprendiendo con las experiencias de la vida, que experimenta con todo, que no tiene miedo, que arriesga, que explora y se aventura, que siempre está dispuesto a entrar en la noche oscura de lo desconocido, que no se aferra a lo conocido y siempre está dispuesto a equivocarse, que siempre está dispuesto a caer en el hoyo y a que los demás se rían de él. Sólo las personas que son tan valientes como para ser llamadas idiotas son capaces de vivir, amar, saber y ser.

La madurez se consigue teniendo cada vez más y mayores experiencias en la vida, y no evitando la vida. Si evitas la vida seguirás siendo infantil.

> Un hombre disciplinado es aquel que va aprendiendo con las experiencias de la vida, que experimenta con todo, que no tiene miedo, que arriesga, que explora y se aventura, que siempre está dispuesto a adentrarse en la noche oscura de lo desconocido.

Una cosa más: cuando digo que seas como un niño no estoy diciendo que seas infantil. Un niño tiene que ser infantil, de lo contrario, se perderá la gran experiencia de la infancia. Pero, tanto si eres joven como si eres viejo, el infantilismo simplemente muestra que no has crecido. Ser como un niño es un fenómeno completamente distinto. ¿Qué significa? Primero, el niño siempre es total, haga lo que haga está absorto en lo que hace, nunca es parcial. Cuando está juntando caracolas en la playa, todo lo demás desaparece de su conciencia, lo único que le concierne son las caracolas de la playa. Está absorto, absolutamente ensimismado. La cualidad de ser total es uno de los pilares para ser como un niño. Eso es concentración, eso es intensidad, eso es totalidad.

Y la segunda cosa: un niño es inocente. Actúa desde un estado de no-saber. Nunca actúa desde el conocimiento porque no lo tiene. Tú siempre actúas partiendo del conocimiento. El conocimiento significa pasado, el conocimiento significa lo consabido, conocimiento significa lo que has acumulado. Y cada situación es nueva, no puedes aplicar ningún conocimiento. No estoy hablando de ingeniería o tecnología, en ese caso el pasado es aplicable, porque una máquina es una máquina. Pero cuando te mueves en el entorno de lo humano, cuando te comunicas con los seres vivos, no hay ninguna situación que se repita. Cada situación es única. Si quieres actuar correctamente tendrás que ser, a través de un estado de ignorancia, como un niño. No aportes tu conocimiento a la situación, olvídate de los conocimientos. Responde a lo nuevo como algo nuevo, no respondas a lo nuevo desde el pasado. Si respondes desde el pasado, no acertarás: no habrá ningún puente entre lo que sucede a tu alrededor y tú. Siempre llegarás tarde, siempre perderás el tren.

> Responde a lo nuevo como algo nuevo, no respondas a lo nuevo desde el pasado. Si respondes desde el pasado, no acertarás: no había ningún puente entre lo que sucede a tu alrededor y tú. Siempre llegarás tarde, siempre perderás el tren.

La gente sueña frecuentemente con trenes, y siempre los pierden. En el sueño, la persona va corriendo hasta la estación, y cuando por fin la alcanza, el tren ya se ha ido. Este sueño le sucede reiteradamente a millones de personas, es uno de los sueños más comunes. ¿Por qué hay millones de personas que tienen este sueño reiteradamente? Están perdiéndose la vida. Siempre llegan tarde. Siempre hay una fisura. Lo intentan, pero nunca consiguen tender el puente. No pueden comulgar con nada, no pueden meterse de lleno en nada, siempre hay algo que entorpece. ¿Qué es? Es el conocimiento.

Yo os enseño ignorancia. Cuando digo: «Sé como un niño», quiero decir que sigas aprendiendo, no te conviertas en un entendido. El conocimiento es un fenómeno muerto, el aprendizaje es un fenómeno vivo. Y el que aprende tiene que recordar esto: que no puede actuar desde el punto de vista del conocimiento.

¿Te has fijado en esto? Los niños aprenden rapidísimo. Si un niño vive en un ambiente plurilingüe aprenderá todos los idiomas. Aprende el idioma de la madre, el del padre, el de los vecinos..., puede llegar a aprender tres, cuatro y cinco idiomas con facilidad, sin ningún problema. Cuando sólo has aprendido un idioma, después es muy difícil aprender otro, porque empiezas a actuar desde el punto de vista del conocimiento. Hay un refrán que dice que no le puedes enseñar nuevos trucos a un perro viejo. Es cierto. Pero ¿qué es lo que hace viejo al perro? No es la edad física, porque Sócrates sigue aprendiendo hasta el último momento, incluso cuando está muriendo. Buda sigue aprendiendo hasta el final. ¿Qué le hace viejo al perro? El conocimiento.

Buda sigue siendo joven, Krishna sigue siendo joven. No tenemos ni una sola estatua de Buda o Krishna que los represente de viejos. ¡No quiere decir que no se hicieran viejos! Krishna vivió hasta los ochenta años, se hizo muy viejo, pero había algo en él que seguía siendo joven, infantil. Siguió actuando desde el estado de no conocimiento.

Primero, cuando digo sé como un niño, quiero decir sé total. Y lo segundo es que sigas siendo un aprendiz, actúa desde el estado de no conocimiento. Eso es la inocencia: actuar desde el no conocimiento es inocencia.

Y tercero y último: el niño tiene una cualidad natural de confianza, de lo contrario, no sobreviviría. Nada más nacer confía en la madre, confía en la leche, confía en que la leche le alimenta, confía en que todo está bien. Su confianza es absoluta, no tiene ninguna duda respecto a nada. No tiene miedo a nada. Tiene tanta confianza que su madre se asusta, porque el niño puede empezar a jugar con una serpiente. Tiene tanta confianza que puede meter el dedo en el fuego. Tiene tanta confianza que no conoce el miedo, no conoce la duda. Ésta es la tercera cualidad.

Sólo podrás llegar a conocer la verdad si puedes saber qué es la confianza, si puedes volver a aprender a tener confianza. Esto tiene que quedar claro.

La ciencia depende de la duda, por eso la educación se ha convertido en la educación de la duda. La ciencia depende de la duda, no puede desarrollarse sin la duda. La religiosidad depende de la confianza, no puede existir sin la confianza. Son direcciones diametralmente opuestas.

Recuerda, si quieres introducir confianza dentro de un trabajo científico no lograrás nada. No conseguirás nada, no descubrirás nada. La duda es el método en este caso. Tienes que dudar y dudar; tienes que seguir dudando hasta que tropieces con algo de lo que no puedes dudar, que es indudable. Sólo entonces, en tu impotencia, tendrás que aceptarlo, pero seguirá habiendo una pizca de duda de que mañana surjan nuevos hechos y tengas que descartar todo el asunto. Aunque sólo sea de momento... La ciencia nunca llega a una verdad absoluta sino a verdades provisionales, aproximadas. Lo aceptas como verdad de momento, porque ¿quién sabe? Mañana los investigadores quizá encuentren nuevos hechos, nuevos datos. Por tanto, la ciencia sólo llega a hipótesis provisionales, arbitrarias. Lo que Newton descubrió lo ha echado abajo Albert Einstein, y lo que él ha descubierto lo echará abajo otra persona. En la ciencia, la duda es la metodología. No se necesita la confianza. Sólo necesitas confiar cuando no hay ninguna posibilidad de duda, y sólo es algo provisional, del momento, en una especie de impotencia. ¿Qué puedes hacer? No existe ninguna posibilidad de duda. Has investigado todos los aspectos y se han disuelto todas las dudas, ha surgido una especie de certeza.

> Del mismo modo que la duda es el método en la ciencia, en la religión el método es la confianza. ¿Qué significa confianza? Significa que no estamos separados de la existencia, que somos parte de ella, que es nuestro hogar.

La religión tiene una dimensión diametralmente opuesta. Del mismo modo que la duda es el método en la ciencia, en la religión el método es la confianza. ¿Qué significa confianza? Significa que no estamos separados de la existencia, que somos parte de ella, que es nuestro hogar. Pertenecemos a ella, nos pertenece, no estamos sin hogar, el universo es un universo que nos cuida. Podemos ser niños para el universo, del mismo modo que un niño confía en que su madre le cuidará siempre que lo necesite: cuando tenga hambre, ella le alimentará, cuando tenga frío, ella le abrazará y dará calor, amor, cariño. El niño confía. Lo único que tiene que hacer cuando necesita algo es chillar y llorar para atraer la atención de la madre, nada más que eso.

La religión dice que el universo es nuestra madre y nuestro padre, de ahí estas expresiones. Jesús llamaba *abba* a Dios, que es mucho mejor que decir padre. «Padre» es una palabra formal, «*abba*» es informal. Si tuvieses que traducir «*abba*» correctamente, estaría más cerca de papá que de padre. Pero llamar a Dios papá parecería absurdo; la Iglesia no lo permitiría, la Iglesia diría que está mal. Pero Jesús le llamaba *abba*, que quiere decir papá.

En realidad, una oración debe ser informal. «Padre» suena a algo muy lejano. No es extraño que al llamarle «el Padre» lo hayamos colocado lejos, en un lugar distante, en el Cielo. Papá es más próximo, puedes tocarle, es casi tangible, puedes hablarle. Con un Dios-Padre sentado en algún lugar del Cielo, puedes gritar todo lo que quieras, pero seguirás sin saber si te ha oído.

La religión es un enfoque infantil de la existencia: el mundo se convierte en un padre o una madre. No estás contra la naturaleza, no estás luchando contra ella. No hay ninguna lucha, se trata de una gran cooperación. La lucha es estúpida y absurda.

La duda no afecta a la experiencia religiosa, del mismo modo que la confianza no afecta a la exploración científica. Ciencia significa explorar el exterior, y religión significa explorar el interior. La ciencia es la religión de las cosas, mientras que la religión es la ciencia del ser. Del mismo modo que no puedes ver una flor con el oído, no importa lo sensible que sea tu oído, no importa lo musical que sea; no puedes ver una flor con el oído. El oído sólo capta sonidos, tiene sus limitaciones. Si quieres ver el color, la luz, la forma, tendrás que mirar con los ojos. Los ojos son muy hermosos, pero tienen sus limitaciones, no puedes oír música con los ojos. Ni siquiera la mejor música podrá introducirse en los ojos. Los ojos son sordos, tendrás que oír con los oídos.

La duda es la puerta de las cosas. La confianza es la puerta del ser. La divinidad sólo puede ser conocida a través de la confianza.

Y recuerda, puedes equivocarte de dos maneras. Los supuestos religiosos han estado luchando contra la ciencia, la Iglesia ha estado luchando contra la ciencia. Fue una lucha absurda, porque la Iglesia quería que la ciencia dependiera de la fe. Y ahora la ciencia se está vengando, la ciencia quiere que la religión también dependa de la duda, del escepticismo, del razonamiento. El ser humano es tan absurdo que sigue cometiendo los mismos errores. En la Edad Media, la Iglesia era estúpida; ahora los que se creen científicos están volviendo a cometer la misma estupidez.

Un hombre de comprensión dirá que la duda tiene su propio mundo. Puedes usar la duda como método, pero tiene sus limitaciones. Y la confianza también tiene su mundo, pero tiene sus limitaciones. No es necesario tener confianza para investigar las cosas, y no es necesario dudar sobre lo interior; si no, estarás creando un desastre. Si se hubiese usado la confianza para la investigación científica, la ciencia ni siquiera habría nacido. Por eso se ha quedado tan primitiva la ciencia en Oriente.

Me he encontrado con científicos hindúes..., en India, incluso un científico que tenga toda la educación occidental posible, que haya ganado premios o haya recibido un Nobel, en el fondo de su ser, sigue sin ser científico, sigue siendo supersticioso. Sigue intentando imponer de diferentes formas —sabiéndolo él o sin saberlo, de forma consciente o inconsciente— la confianza al mundo exterior. Occidente ha explorado todas las posibilidades de duda, y Oriente ha explorado las posibilidades de la confianza.

Tenemos que usar ambas cosas. Y llamo hombre de comprensión a aquel que puede usar ambas cosas. Mientras está trabajando en un laboratorio científico usa la duda, el escepticismo, la razón; cuando está rezando en el templo, meditando, usa la confianza. Y es libre, no está comprometido con la confianza ni con la duda.

No te comprometas con tus oídos o tus ojos, si no, seguirás siendo pobre. ¡Tienes las dos cosas! Cuando quieras ver usa los ojos, y cuando quieras oír cierra los ojos. No es casualidad que la gente cierre los ojos cuando está escuchando música. Si sabes escuchar música cerrarás los ojos, porque ya no los necesitas.

Lo mismo sucede con la duda y la confianza. La confianza es la cualidad del niño. Estas tres cualidades, la cualidad de ser total, la cualidad de seguir siendo ignorante a pesar del conocimiento y la cualidad de la confianza, éste es el significado.

El infantilismo es un tipo de estado emocional sentimental. No lo necesitas. Todos los niños deben poder ser infantiles, del mismo modo que todos los adultos deben poder ser adultos, pero un adulto también puede seguir teniendo las cualidades de un niño. No necesita ser infantil, no necesita la cualidad de la rabieta, no necesita el sentimentalismo, pero la madurez se lleva bien con las cualidades de ser como un niño. No hay contradicción entre ellas. De hecho, sólo madurarás cuando seas como un niño.

> Todos los niños deben poder ser infantiles, del mismo modo que todos los adultos deben poder ser adultos, pero un adulto también puede seguir teniendo las cualidades de un niño. No necesita ser infantil, no necesita la cualidad de la rabieta, no necesita el sentimentalismo, pero la madurez se lleva bien con las cualidades de ser como un niño.

Pero, a veces, si tu infantilismo no ha sido satisfecho tendrás que consentirlo. Deja que aparezca y sea satisfecho, cuanto antes mejor, de lo contrario, seguirá aferrado a ti hasta el final. Deja que se exprese y desaparecerá. Si permites que salga, estará un tiempo y después desaparecerá, y te dejará mucho más satisfecho. Es mejor ir hasta el fondo ahora mismo que posponerlo —porque cuanto más lo pospongas más difícil se volverá—, y después verás cómo aparecerá una cualidad infantil. El infantilismo desaparecerá. Estará ahí temporalmente, después desaparecerá y tu niño estará joven y sano. Y cuando consigas ser ese niño, empezarás a crecer. Entonces podrás madurar. No puedes madurar con todas las mentiras que vas arrastrando. Sólo puedes madurar cuando te vuelvas verdadero, cuando seas de verdad.

DEL SEXO A LA SENSUALIDAD

¿Realmente es posible renunciar al sexo yendo a través de él?
Parece como si mi mente y mi cuerpo nunca fueran
a dejar de pedirlo.

Pero ¿por qué tienes tanta prisa? Si tienes tanta prisa por dejarlo, nunca serás capaz de dejarlo. La misma prisa, el propio deseo de dejarlo no te permitirá entenderlo totalmente. ¿Cómo puedes entender algo que ya has decidido que está mal, que tienes que abandonar? Ya lo has juzgado, ¡no has escuchado! Dale una oportunidad a tu sexualidad.

Oí decir que Mulla Nasruddin había sido nombrado juez de paz. Cuando llegó el primer caso al juzgado oyó a una de las partes. Después dijo:

—Espera, ahora escucha mi sentencia. —El secretario del juzgado estaba perplejo porque todavía no había oído a la parte contraria. Se arrimó a Nasruddin y le dijo:

—¿Qué está haciendo, señor? ¿Sentencia? ¡Todavía no ha oído a la otra parte!

Nasruddin dijo:

—¿Qué quiere decir con la otra parte? ¿Me quiere confundir? ¡El asunto está claro! Si escucho a la otra parte me voy a confundir, y será muy difícil emitir un juicio.

Pero ¿es esto un juicio? No has escuchado a la otra parte. Desde hace siglos has estado escuchando a tus supuestos santos…, son todos muy vociferantes. Su energía sexual se ha convertido en elocuencia contra el sexo; tú les has hecho caso. Nunca le has dado la palabra a tu sexualidad. No, eso no está bien, tienes prejuicios. ¿Por qué? ¿Quién sabe? Quizá no tengas que renunciar a ello. ¿Entonces…? ¿Quién sabe? Quizá esté bien seguir. Mantente abierto. Sólo digo que te mantengas abierto. Medita profundamente. Cuando estés haciendo el amor, permite que la meditación se introduzca en el acto amoroso. ¡Estate atento! Olvídate de todos esos prejuicios con los que te han educado; todos esos condicionamientos contra el sexo te vuelven más sexual, y empiezas a pensar que la sexualidad es un problema. El problema no es la energía sexual en sí; es la mente antisexual la que provoca la perversión.

Todas las religiones han sido fuentes de perversión. Cuando digo todas las religiones, no me refiero a Buda, no me refiero a Mahavira, no me refiero a Krishna, no me refiero a Cristo o Mahoma; me refiero a sus seguidores. Ellos han sido la fuente, una gran fuente. ¿Y qué sucedió realmente? Observaron a Buda y comprobaron que el sexo había desaparecido, de modo que convirtieron en una norma que el sexo tenía que desaparecer. Sólo puedes convertirte en Buda si desaparece el sexo, lo convirtieron en una norma, en una regla. Esto es plantear las cosas al revés. El sexo desaparece porque Buda ha alcanzado su fuente interna, y no al revés. No ha renunciado al sexo y por eso se ha convertido en Buda, se ha convertido en Buda, por tanto, el sexo ha desaparecido. Pero, desde fuera, la gente observaba a Buda y vieron que el sexo había desaparecido; por tanto, si te quieres convertir en un Buda, abandona el sexo. A Buda no le interesaba el dinero, de modo que pensaron: «Para convertirte en un Buda tienes que perder el interés por el dinero.»

Pero ¡estos enfoques son erróneos! Eso no es buscar la causa, sino tomar el efecto por la causa. La causa es la budeidad interna. Él se ha despertado a su ser interno. Cuando alguien despierta a su ser interno está tan dichoso que ¿a quién le interesa el sexo? ¿Quién va a mendigar pequeños momentos de placer a otra persona? ¿Quién va a seguir mendigando? Si eres el emperador y tienes el tesoro, el tesoro infinito dentro de ti, no irás a pedirle a una mujer o a un hombre que te dé unos instantes de placer. Sabes que estás mendigando y el otro también está mendigando, dos mendigos uno frente al otro con sus cuencos en la mano. «Dame unos instantes de placer y te daré unos instantes de placer.» ¡Los dos son mendigos! ¿Cómo puede darte algo un mendigo?

No estoy diciendo que esté mal. Mientras no te suceda la budeidad, las cosas continúan, no hay nada malo. De momento no juzgues, *juzgar* es un error. Vuélvete más observador, acepta las cosas, relájate con tus energías. Si no, tendrás el mismo problema que han tenido los santos cristianos desde hace siglos.

He oído hablar de Jerónimo, un santo cristiano muy famoso. Estaba tan en contra del cuerpo que solía fustigarse todos los días. La sangre manaba de su cuerpo y miles de personas iban a ver ese enorme sacrificio. Pero ambos están enfermos. Jerónimo es un masoquista, y las personas que se reúnen para ver ese gran fenómeno son sádicos. Quieren torturar a la gente, tienen un gran deseo de torturar..., pero no pueden, este hombre lo hace por su cuenta; y ellos son felices viéndolo. Los dos son patológicos.

Jerónimo condenaba el cuerpo como el «cuerpo vil», el «saco de excrementos». Estaba en su cueva, atormentado por la visión de bellas muchachas. Permitía el matrimonio aunque de mala gana, porque era la única manera de obtener vírgenes. El motivo era conseguir vírgenes, los seres más perfectos de la Tierra. El sexo era un mal necesario, por esto permitía el matrimonio; de lo contrario, habría sido un pecado.

> Mientras no te suceda la budeidad las cosas continúan, no hay nada malo. De momento no juzgues, *juzgar* es un error. Vuélvete más observador, acepta las cosas, relájate con tus energías.

Otra persona, Clemente de Alejandría, escribió: «Todas las mujeres deberían sentirse profundamente avergonzadas del hecho de ser mujeres porque son la puerta del Infierno.»

Siempre me han sorprendido estas personas. Si la mujer es la puerta del Infierno, entonces, ninguna mujer podrá ir al Infierno, la puerta no puede entrar dentro de sí misma. El hombre puede ir al Infierno a través de la mujer, de acuerdo, ¿y qué pasa con la mujer? Deben estar todas en el Cielo, ¡naturalmente! ¿Y qué pasa con el hombre? Si la mujer es la puerta del Infierno, ¿el hombre qué es? Todas estas escrituras fueron escritas por hombres, y todos esos santos eran hombres.

En realidad, nunca ha habido ninguna mujer tan neurótica; por eso no se oye hablar de muchas mujeres santas. Son más normales, son más prácticas. No han sido tan tontas como ha demostrado ser el hombre. Son más elegantes y más cabales, tienen más raíces en la tierra, están más centradas. De ahí que nunca oigas hablar de mujeres como Clemente de Alejandría, no puedes encontrar un paralelo en la mujer. Ninguna mujer ha dicho jamás que el hombre sea la puerta del Infierno.

Esto no quiere decir que las mujeres no sean místicas. No; hubo una Meera, una Rabiya y una Lalla en Cachemira, pero nunca dijeron nada parecido. Al contrario, Meera dijo que el amor es la puerta hacia Dios.

Y, hubo otro santo que se castró, Origen..., ¡son asesinos, suicidas! Toda esa represión originó una gran patología en el mundo cristiano. Una monja, Matilde de Magdeburg, sintió que Dios estaba acariciando sus pechos. ¿Por qué darle tanto trabajo a Dios? Pero si evitas a los hombres, empezarás a tener fantasías. Entonces, tendrás que exagerar tus fantasías. Cristina Ebner, otra monja, creía que estaba esperando un hijo de Jesús. Había monjes que soñaban que copulaban con la virgen María. Y a causa de tanta represión, los conventos y los monasterios se convirtieron en lugares visitados por los espíritus del mal. Estos demonios tomaban la forma de *succubi* —hermosas mujeres que saltaban a la cama de los supuestos monjes—, o de *incubi*, hermosos muchachos que interrumpían el sueño y las meditaciones de las monjas. Aparecieron tantas patologías en el cristianismo, que la gente empezó a soñar todo tipo de cosas. Y muchas monjas confesaron en la corte que los demonios venían por la noche y les hacían el amor. Describían incluso la fisiología del demonio, decían que su órgano sexual era bífido, para entrar por los dos orificios.

¡Patologías, gente enferma, neurótica! Y todas esas monjas confesaban en la corte que cuando habían hecho el amor con el demonio ya no les podía satisfacer ningún hombre; es el mejor amante, te proporciona orgasmos increíbles. Este disparate no sucedió sólo en el cristianismo, sucedió en todo el mundo. Pero el cristianismo llega hasta la cima más alta.

Por favor, no estés contra el sexo, si no, cada vez caerás más en la trampa del sexo. Si quieres deshacerte de él nunca lograrás hacerlo. Sí; cuando desaparece el sexo trasciendes, pero no es porque estés en contra. Sólo desaparece cuando encuentras otra bendición mayor que nace de tu ser, pero no antes. Primero tienes que hallar lo más elevado, entonces desaparecerá lo inferior espontáneamente.

Haz que esto sea una regla fundamental en tu vida: nunca estés contra lo inferior, busca lo superior. *Nunca* estés contra lo inferior, busca lo superior, y cuando empiezas a comprender lo superior, de repente, te darás cuenta de que ha desaparecido el interés por lo inferior.

Has preguntado: «¿Es posible, realmente, abandonar el sexo yendo a través de él?»

Yo no estoy diciendo eso. Estoy diciendo que si vas a través del sexo llegarás a comprenderlo. La comprensión es libertad, la comprensión libera.

No estoy contra el sexo, por tanto no tienes que apresurarte a dejarlo. Si quieres renunciar a él, ¿cómo vas a comprenderlo? Y si no lo entiendes, ¡no desaparecerá nunca! Cuando desaparece el sexo, no es que se elimine de tu ser, no es que te conviertas en un

> Por favor, no estés contra el sexo, o si no, cada vez caerás más en la trampa del sexo. Si quieres deshacerte de él nunca lograrás hacerlo. Sí, cuando desaparece el sexo trasciendes, pero no es porque estés en contra. Sólo desaparece cuando encuentras otra bendición mayor que nace de tu ser, pero no antes.

ser no sexual. Cuando desaparece el sexo, de hecho, te vuelves más sensual que nunca porque tu ser absorbe toda la energía.

Un Buda es más sensual que tú. Cuando huele, huele con más intensidad que tú. Cuando toca, toca con más totalidad que tú. Cuando mira las flores, ve más belleza de la que tú ves, porque toda su energía sexual se ha extendido a los sentidos. Ya no se localiza en los genitales, se ha extendido por todo el cuerpo. Por eso Buda es tan hermoso, la gracia, la gracia sobrenatural, ¿de dónde viene? Es sexo transformado, transfigurado. Ese mismo barro que tú estabas censurando y condenando se ha convertido en una flor de loto.

Nunca estés contra el sexo; se convertirá en tu flor de loto. Y cuando el sexo se transfigura realmente, entiendes el gran regalo que Dios te ha dado con el sexo. Es tu vida, es toda tu energía. En los planos inferiores o en los planos superiores es la única energía que tienes. De modo que no guardes antagonismos, de lo contrario, te volverás represivo. El hombre que reprime no puede entender. Y el hombre que no entiende, nunca se transfigurará, nunca se transformará.

Un viaje sin fin

TU CONCIENCIA es mucho más grande que todo el universo. Es infinitamente infinita. No puedes llegar a un punto donde digas: «suficiente». Siempre habrá más y más. Siempre hay alguna posibilidad de seguir creciendo. Y crecer y madurar es una experiencia tan hermosa que ¿quién quiere detenerla?

En muchos aspectos estamos atrofiados. Incluso un gran científico como Albert Einstein usaba sólo el quince por ciento de su inteligencia. Y las personas corrientes mucho menos, no llegan ni al cinco por ciento.

Imagínate, si Einstein hubiese sido capaz de usar el ciento por ciento de su inteligencia, habría dado al mundo una riqueza inconcebible.

Y si todo el mundo usase el ciento por ciento de su conciencia, ¿quién querría ir al Cielo a vivir con todos esos santos muertos, esos vejestorios, esos masoquistas cuyo único mérito ha sido la autotortura, que no es más que una enfermedad mental?

Si todo el mundo usase el ciento por ciento de su inteligencia, podríamos crear un paraíso aquí. No es necesario ir a ninguna parte. Podemos darle al hombre una vida tan larga como quiera. Podemos crear tanta riqueza que se convierta en algo como el aire, y no haya necesidad de acumularlo.

Usar tu inteligencia totalmente es el comienzo de la madurez.

La conciencia es el único método. Primero hazte consciente de la inteligencia que estás utilizando, ¿o no la estás utilizando? La creencia y la fe no son inteligentes. Es tomar una decisión que va contra tu inteligencia. La conciencia es un método para observar cuánta inteligencia estás usando. Y al observarlo te darás cuenta de que no es mucha. La conciencia te alertará de esto de muchas maneras. Aprovéchalo.

La conciencia te llevará al ciento por ciento de tu inteligencia, te hará casi divino. Y no termina ahí. La conciencia te ayuda a usar tu inteligencia plenamente.

La inteligencia es tu carretera de salida, te conecta con el mundo, con los objetos. La inteligencia te aporta más ciencia, más tecnología. En realidad, si somos capaces de usar nuestra inteligencia ya no es necesario que el hombre trabaje. Las máquinas pueden hacerlo casi todo. Y no necesitas seguir cargando, como dice Jesús, la cruz sobre tus espaldas. Eso es estúpido.

Las máquinas hacen todo y, por primera vez, te liberas de la esclavitud, si no, sólo sientes que te estás liberando de palabra. Pero tienes que ganarte el pan, tienes que ahorrar algún dinero para hacerte un cobijo, una casa, dinero para medicinas, dinero para otras cosas.

Parece que eres independiente pero no lo eres. La antigua esclavitud ya no está ahí; ahora ya no estás encadenado pero hay cadenas invisibles…, tus hijos, tus padres, tu esposa enferma, tu trabajo.

> *Si todo el mundo usase el ciento por ciento de su inteligencia, podríamos crear un paraíso aquí. No es necesario ir a ninguna parte. Podemos darle al hombre una vida tan larga como quiera. Podemos crear tanta riqueza que se convierta en algo como el aire, y no haya necesidad de acumularlo. Usar tu inteligencia totalmente es el comienzo de la madurez.*

El ser humano no es libre todavía. Trabaja durante ocho horas y después se lleva trabajo a casa. Trabaja en casa hasta bien entrada la noche, trabaja hasta los domingos. A pesar de todo, los papeles se siguen acumulando encima de su mesa, no parecen tener fin. Si entras en una oficina, fíjate en la gente, fíjate en sus mesas. ¿Puedes decir que son libres? Piensa en ti mismo, ¿realmente eres libre?

Sólo existe una posibilidad: la supertecnología; hará todo el trabajo para que el hombre se sienta completamente libre de volverse creativo. Puedes tocar la guitarra, cantar tu canción. Puedes dibujar, puedes hacer esculturas. Puedes hacer miles de cosas para embellecer esta Tierra. Puedes hacer hermosos jardines, estanques.

Hay muchas cosas que se pueden hacer para embellecer la Tierra. Si existe Dios, puede empezar a tener envidia, pensando que hizo mal en echar a Adán y Eva del cielo; ¡les va mucho mejor! Y si existe Dios, no te sorprenderá que aparezca un día llamando a tu puerta y diga: «¿Puedo entrar?»

La conciencia disparará tu inteligencia, te hará madurar. Y la madurez sigue aumentando. Normalmente, sólo envejeces, no creces. Envejecer es una cosa, crecer es otra completamente distinta. Los animales envejecen; no hay ningún animal que crezca, excepto el hombre. Crecer quiere decir que has llegado a realizar lo inmortal, lo eterno que no tiene principio ni fin. Desaparecen todos los miedos. Desaparecen las paranoias. Ya no eres mortal.

Envejeciendo, eres mortal. Creciendo, te vuelves inmortal. Sabes que cambiarás de casa muchas veces. Cam-

> Hay muchas cosas que se pueden hacer para embellecer la Tierra. Si existe Dios, puede empezar a tener envidia, pensando que hizo mal en echar a Adán y Eva del Cielo; ¡les va mucho mejor! Y si existe Dios, no te sorprenderá que aparezca un día llamando a tu puerta y diga: «¿Puedo entrar?»

biarás de forma, pero cada forma será mejor que la anterior porque estás creciendo, estás madurando. Te mereces mejores formas, mejores cuerpos. Y, finalmente, llega un momento en que no necesitas a nadie. Puedes ser conciencia pura y esparcirte sobre toda la existencia. No es una pérdida, es una ganancia.

Una gota de rocío resbalando por la hoja de loto hacia el mar... Podrías pensar que la pobre gota se ha perdido, que ha perdido su identidad. Pero si miras desde otra dimensión, la gota se ha convertido en el océano. No ha perdido nada, se ha vuelto inmensa. Se ha vuelto oceánica.

En primer lugar, la conciencia es un método para despertar tu inteligencia, después para despertar tu ser y madurar, y finalmente para realizar la inmortalidad y volverte uno con la totalidad.

> ❧
>
> Recuerda, tú no eres el contenedor. Eres el contenido. Las formas cambian, pero tu ser permanece igual. Y va creciendo, madurando y enriqueciéndose cada vez más.

LA MADURACIÓN ES UN PROCESO CONSTANTE. No hay un punto y final, ni siquiera un punto y coma... sigue sin parar. El universo es infinito. La posibilidad de madurar también es infinita.

Puedes volverte inmenso... Tu conciencia no está limitada a tu cuerpo. Se puede extender por toda la existencia, y todas las estrellas pueden estar dentro de ti. En ningún sitio encontrarás un cartel que diga: «Aquí se acaba el universo.» No es posible. Nunca comienza y nunca acaba.

Y tú formas parte de él. Siempre has estado aquí y siempre seguirás estando aquí. Sólo cambian las formas, pero la forma no importa. Lo que importa es el contenido. Recordad que, especialmente en América, son más importantes los contenedores que el contenido. ¿A quién le interesa el contenido? El contenedor tiene que ser atractivo.

Recuerda, tú no eres el contenedor. Eres el contenido. Las formas cambian, pero tu ser permanece igual. Y va creciendo, madurando y enriqueciéndose cada vez más.

Tú preguntas: «¿Cuál es la relación entre conciencia y madurez?»

La conciencia es el método; la maduración es el resultado. Vuélvete cada vez más consciente y tendrás más madurez; por eso te enseño conciencia y no hablo de la madurez. Te ocurrirá si eres consciente. Hay tres etapas en la conciencia.

Primero, hazte consciente de tu cuerpo al caminar, al cortar leña o transportar agua desde el pozo. Sé observador, estate alerta, atento, consciente. No vayas haciendo cosas como si fueses un zombi, un sonámbulo, un autómata.

Cuando te hayas vuelto consciente de tu cuerpo y sus actos, podrás profundizar más, hacia tu mente y sus actividades: pensamientos, imaginación, proyecciones. Cuando seas muy consciente de la mente, te llevarás una sorpresa.

Cuando seas consciente de los procesos corporales, también te llevarás una sorpresa. Puedo mover la mano mecánicamente, y puedo moverla de una forma plenamente consciente. Cuando muevo la mano de una forma consciente, hay gracia, hay belleza.

Puedo hablar sin conciencia. Hay oradores, y predicadores… Yo no sé nada de oratoria; nunca he estudiado el arte de hablar porque me parece ridículo. Basta con tener algo que decir. Pero os estoy hablando con plena conciencia, cada palabra, cada pausa… No soy un orador, no soy un predicador.

Pero cuando estoy hablando se convierte en un arte. Toma los matices de la poesía y la música. Cuando hablas con conciencia es inevitable que esto suceda. Cada gesto, cada palabra tiene su propia belleza. Hay gracia.

Cuando te vuelves consciente de la mente, estás listo para una sorpresa mayor. Cuanto más consciente te vuelvas, menos pensamientos te encontrarás en el camino. Cuando tienes un ciento por ciento de pensamientos, no hay conciencia. Cuando tienes un uno por ciento de conciencia, hay un noventa y nueve por ciento de pensamientos, va en proporción directa. Cuando tienes el noventa y nueve por ciento de conciencia, sólo tienes el uno por ciento de pensamientos, porque se trata de la misma energía.

A medida que te vas volviendo más consciente, ya no queda energía para los pensamientos, se van muriendo. Cuando eres un ciento por ciento consciente, la mente se vuelve absolutamente silenciosa. Ése es el momento de profundizar más.

El tercer paso: hacerse consciente de los sentimientos, los estados de ánimo, las emociones. En otras palabras, primero el cuerpo y sus actos; en segundo lugar, la mente y su actividad, y en tercer lugar, el corazón y sus funciones.

Cuando vas al corazón y llevas ahí tu conciencia, volverás a encontrarte con una sorpresa. Todo lo bueno aumenta y todo lo malo empieza a desaparecer. El amor aumenta, el odio desaparece. La compasión aumenta, la rabia desaparece. El compartir aumenta, la avaricia desaparece.

Cuando eres completamente consciente del corazón, llega la última sorpresa, la más grande: no tienes que dar ningún paso. Espontáneamente, hay un salto cuántico. Desde el corazón, de repente te encuentras en tu ser, en el mismo centro de tu ser.

Ahí sólo eres consciente de ese darte cuenta, sólo eres consciente de la conciencia. Ya no tienes que tener conciencia de nada más, no queda nada de lo que ser consciente. Y ésta es la pureza absoluta. Esto es lo que llamo iluminación.

> La conciencia es el método; la maduración es el resultado. Vuélvete cada vez más consciente y tendrás más madurez; por eso te enseño conciencia y no te hablo de la madurez. Te ocurrirá si eres consciente.

¡Es tu derecho de nacimiento! Si fracasas, tú eres el responsable. No puedes echarle la culpa a nadie más.

Y es tan sencillo y natural que sólo tienes que empezar.

El primer paso es difícil. El viaje es sencillo. Hay un dicho: el primer paso es casi como todo el camino.

ACERCA DEL AUTOR

RESULTA DIFÍCIL CLASIFICAR LAS ENSEÑANZAS DE OSHO, que abarcan desde la búsqueda individual hasta los asuntos sociales y políticos más urgentes de la sociedad actual. Sus libros no han sido escritos, sino transcritos a partir de las grabaciones de audio y vídeo de las charlas improvisadas que ha dado a una audiencia internacional. Como él mismo dice: «Recuerda: todo lo que digo no es solo para ti... hablo también a las generaciones del futuro». El londinense *The Sunday Times* ha descrito a Osho como uno de los «mil creadores del siglo XX», y el escritor estadounidense Tom Robbins como «el hombre más peligroso desde Jesucristo». El *Sunday Mid-Day* (India) ha seleccionado a Osho como una de las diez personas (junto a Gandhi, Nehru y Buda) que ha cambiado el destino de la India.

Acerca de su trabajo, Osho ha dicho que está ayudando a crear las condiciones para el nacimiento de un nuevo tipo de ser humano. A menudo ha caracterizado a este ser humano como Zorba el Buda: capaz de disfrutar de los placeres terrenales, como Zorba el griego, y de la silenciosa serenidad de Gautama Buda. En todos los aspectos de la obra de Osho, como un hilo conductor, aparece una visión que conjuga la intemporal sabiduría oriental y el potencial, la tecnología y la ciencia occidentales.

Osho también es conocido por su revolucionaria contribución a la ciencia de la transformación interna, con un enfoque de la meditación que reconoce el ritmo acelerado de la vida contemporánea. Sus singulares «meditaciones activas» están destinadas a liberar el estrés acumulado en el cuerpo y la mente, y facilitar una experiencia de tranquilidad y relajación libre de pensamientos en la vida diaria. Está disponible en español una obra autobiográfica del autor, titulada: *Autobiografía de un místico espiritualmente incorrecto*, Editorial Kairós, Booket.

EL RESORT DE MEDITACIÓN es un maravilloso lugar para pasar las vacaciones y un lugar en el que las personas pueden tener una experiencia directa y personal con una nueva forma de vivir, con una actitud más atenta, relajada y divertida. Situado a unos ciento sesenta kilómetros al sudeste de Bombay, en Pune, India, el centro ofrece diversos programas a los miles de personas que acuden a él todos los años procedentes de más de cien países.

Desarrollada en principio como lugar de retiro para los marajás y la adinerada colonia británica, Pune es en la actualidad una ciudad moderna y próspera que alberga numerosas universidades e industrias de alta tecnología. El Resort de Meditación se extiende sobre una superficie de más de dieciséis hectáreas, en una zona poblada de árboles, conocida como Koregaon Park. Ofrece alojamiento para un número limitado de visitantes en una nueva casa de huéspedes, y en las cercanías existen numerosos hoteles y apartamentos privados para estancias desde varios días hasta varios meses.

Todos los programas del centro se basan en la visión de Osho de un ser humano cualitativamente nuevo, capaz de participar con creatividad en la vida cotidiana y de relajarse con el silencio y la meditación. La mayoría de los programas se desarrollan en instalaciones modernas, con aire acondicionado, y entre ellos se cuentan sesiones individuales, cursos y talleres, que abarcan desde las artes creativas hasta los tratamientos holísticos, pasando por la transformación y terapia personales, las ciencias esotéricas, el enfoque zen de los deportes y otras actividades recreativas, problemas de relación y transiciones vitales importantes para hombres y mujeres. Durante todo el año se ofrecen sesiones individuales y talleres de grupo, junto con un programa diario de meditaciones. Los cafés y restaurantes al aire libre del Resort de Meditación sirven cocina tradicional hindú y platos internacionales, todos ellos confeccionados con vegetales ecológicos cultivados en la granja de la comuna.

El complejo tiene su propio suministro de agua filtrada.

www.osho.com/resort